無情の神が舞い降りる

志賀泉

筑摩書房

目次

装画　大槻香奈
装幀　山田英春

無情の神が舞い降りる

裏通りを歩いていて、足を止めた。八坂医院の裏門の前にいた。

変わんねえな、と呟いてみる。目を上げて、いまさら気づいたふりで。

葡萄唐草《ぶどうからくさ》のレリーフがついた鉄の格子扉と、赤煉瓦の門柱。文明開化みたいな古めかしさは昔のまま。俺が物心ついたころから、ずっとこのままだ。

もっとも、インターホンは変わった。防犯カメラに赤外線センサーもついた最新型だ。昔は通話ボタンとスピーカーだけのシンプルな装置だった。それでも俺は見慣れない機械に気後れし、通話ボタンに指を伸ばせずにいたんだっけ。

三十年前だ。俺は小学六年で、季節は春で、土曜日の放課後だった。三十年。あらためて考えれば呆れるくらい長い年月だ。

十一歳の俺はインターホンの前で長いこと突っ立っていた。八坂医院の裏門は院長の自宅に通じていて、その家のどこかに転校したばかりの女の子が病気で寝込んでいた。俺はクラス担任の先生に届けるように命じられた数枚のプリントが入った封筒を手に持っていた。

八坂美鈴は東京から引っ越してきた。先生の話によれば、美鈴の父親は大学病院で外科医をしていたという。俺たちは「テレビドラマみてえ」とびっくりしたものだ。八坂医院を継ぐため家族を連れて実家に戻ってきたというが、美鈴にとっては迷惑な話だったろう。父親にとっては生まれ故郷でも、東京で生まれた美鈴にはただの辺鄙《へんぴ》な片田舎だ。自分が間違った場所にいるという不快感を彼女は全身から発散していた。クラスの男子は美鈴に口もきけず、女子は「お嬢様きどり」と敵意を向けた。いつもきれいな服を着て、取り澄ました顔をし、口数も少なかったからだ。

始業式の日に転校してきた美鈴は、四月半ばにインフルエンザにかかりずっと学校を休んでいたが、ある日の放課後、彼女の机に陰湿な落書きがあるのを見つけた。女子の字だった。俺は迷った末、こっそりケシゴムで消した。見つかればクラスの女子を敵に回しかねないから、それなりに勇気のいる行動だった。

その週の土曜日、クラス担任の先生は俺の家が美鈴の家に近いという単純な理由で、プリントを届けに行く役を俺に命じた。どうしても今週中に渡しておきたいプリントだという。たしかに八坂医院は俺のかかりつけだが、自宅のほうは裏門の奥に隠れて見たこともない。ましてインターホンなど触れたこともなかった。

あのころはまだ俺も、思春期に入り立てのピュアな心臓の持ち主だった。この奥に美鈴が寝ていると想像しただけで頭が熱くなった。喉が詰まって声を出せなくなりそうで、通話ボタンが押せなかった。郵便受けに封筒を突っ込んで逃げ帰ってもよかった。でもそれは自分の背中に卑怯者の烙印を捺すようなものだ。結局、あのとき俺がとった行動は矛盾に満ちたものだった。なにせ、インターホンを無視して勝手に扉を開けて入ってしまったのだから。非常識なようだが、当時の田舎の子はあんなものだった。通話ボタンを押す勇気はなくても、他人の家に無断で入る勇気ならいくらでもあったのだ。

いまなら、ためらうことなく通話ボタンを押せる。

もっとも、応答がないのはわかりきっている。防犯カメラのレンズも死んだ魚の目だ。停電している。ここだけじゃない、町ぜんたいが停電している。おまけに断水。住民も消えた。院長の家も空き家のはずだ。町そのものが空き家なのだ。

震災と、あのいまわしい原発事故のせいだ。

東北の、太平洋に面した小さな町が、爆発した原発から二十キロ圏内にあるという理由で避難地区に指定された。スリーマイル、チェルノブイリ、フクシマ。あるいは、ヒロシマ、ナガサキ、フクシマ。世界中が地球に穴が開いたような騒ぎだ。けれどそれがどうしたっていうのだ。どれだけ注目を浴びようが、ここは俺の町だ。避難指示が出ても俺は逃げなかった。逃げないまま半月が過ぎた。無数の放射線が俺の身体を刺し貫いているとしても、現に俺は生きている。どれほどの細胞が傷つこうと、俺がいま生きていることは間違いない。

ためしに扉を押してみる。もちろん開くはずはない。俺は葡萄唐草のレリーフに足をかけ格子扉をよじ上った。高さ二メートルほどの格子扉を乗り越えるなんてわけない。一瞬後には門の内側に着地した。両手に付着した土埃を叩いて払う。これくらいで放射性物質は落ちねえよなと思いつつ。

門を入ってすぐ右手に鉄筋コンクリートのガレージ。車三台が入る大きさだがいまはがらんどうだ。その隣、木造の小さな洋館が傾いてガレージに寄りかかっている。美鈴の曾祖父が書斎にしていたという古い建物で、俺が子どものころはすでに物置小屋と化していた。窓ガラスは割れ、玄関の柱は折れ、教会みたいなとんがり屋根も傾き、その先で風見鶏が逆さ吊りにぶら下がっている。ガラスの落ちた窓から覗くと古い家具や本棚がどれも傾いて倒れたりして、床には書物やレコードが散らばっていた。

洋館の前を過ぎるとヤブツバキの生け垣。木戸を抜ければその先に院長の家がある。記憶のとおりだ。ただし院長の家は変わっていた。どっしりと重みのある家だったのが改築して積み木のような家。空き家の窓が空の色を冷たく映している。

庭は変わらない。松と石と池だけの素っ気ない庭だ。驚いたことに、鳥小屋が残っていた。小学校にあるような大きな鳥小屋だ。止まり木まで記憶のまま。昔はここに孔雀がいた。当時の院長、つまり美鈴の祖父は孔雀を飼っていたのだ。

「大熊町をダチョウがうろついているんすよ」。今朝、となり町のショッピングセンターへ食料の買い出しに行き、喫煙所で煙草を一服していたら、横でスマートフォンをいじっていた見ず知らずの青年がくつくつ笑い出し、「見ます、これ?」と馴れ馴れしく俺に声をかけてきた。青年はネット動画を見て笑っていた。大熊町は福島第一原発のある町だ。誰かが潜入して撮影してきたのだろう。

少ない餌で大きく育つダチョウを、小さな燃料で巨大エネルギーを生む原子力のシンボルにしようと東電が大熊町に作ったダチョウ園だが、原発が爆発してダチョウが逃げ出したのだから、皮肉というより悪い冗談だ。ここまで現実がシュールになるともう笑うしかない。

青年は俺にも笑ってほしかったのだろう。しかし俺は笑えなかった。無人の町を闊歩《かっぽ》するダチョウが、俺の頭から孔雀の記憶を引っ張り出したのだ。ダチョウが原発のシンボルなら、別の意味で孔雀も原発のシンボルだ。少なくとも俺の頭の中では。記憶に蓋をして何食わぬ顔で生きてきたが、原発事故の衝撃で蓋がぱかっと開いた。町から住人が消えたいまなら、思い出すことの苦しさに少しは耐えられそうだった。

三十年前、この庭に足を踏み入れたとき、いかにも金持ち然とした庭のたたずまいが俺には不思議だった。贅《ぜい》を尽くしているとか趣向を凝らしているとかでなく、生活感のまるでない、庭が純粋に庭でしかない空間のありようが不思議だった。俺は足を止めて庭を見回し、鳥小屋に目を奪われた。大きな鳥がその中にいた。孔雀?

度肝を抜かれた。なにしろ俺は動物園に行ったことすらなく、図鑑でしか孔雀を知らなかった。そいつは止まり木につかまり、緑色の尾羽を長く垂らし、青光りする首をまっすぐに立て、いかにも尊大そうに、高貴な生まれを誇るように、じっと動かずにいた。小学生の俺は尾羽を開かせようと、鳥小屋の鉄骨をドンと叩いた。孔雀は落ち着き払い、首をひねり、片方の目だけで俺を凝視した。宝石のような赤黒い目をしていた。

どのくらい時間がたっていただろう。孔雀はきれいとかあでやかとかいうだけではない、どことなく怖さも秘めた鳥だった。美鈴の母親が玄関から顔を出し「どなたですか?」と声をかけるまで、俺は孔雀から目をそらすことができなかった。

いま、鳥小屋に孔雀はいない。どんな鳥もいない。庭は静かだ。池の中に色彩をちらつかせ、悠々と鯉が泳いでいる。震災の傷跡は見当たらず、何も起きなかったと信じようとすればたやすく信じてしまえそうなくらい。なのに、どことなく空気が禍々《まがまが》しい。安心できない気配がある。

鳥小屋の扉がキィと軋んで開く。金網の内側で黒い影がうごめいている。俺は思わず身構えたが、扉を押し開けてのっそりと鼻面を突き出したのは黒犬だった。ラブラドール・レトリバー。なんてことはない、かつての鳥小屋がそのまま犬小屋になっていたのだ。

置き去りにされたのだろう。ペットを置いて避難するようおふれは出ていた。院長はお上の指示を忠実に守ったわけだ。半月もたつのに生きているのだから餌はたっぷり置いていったのだろうが、痛ましいほど痩せこけ、あばら骨が浮き出ている。

黒ラブは貧相な鼻面をもたげ、俺が何者か見極めようとしていた。侵入者と見て吠えるべきか、救い主と見て尻尾を振るべきか決めかねている。どっちにしたって俺は食い物を持ち合わせちゃいない。食い物がなけりゃ悪人も善人も大差はない。俺に期待すんな、と目で話しかけた。俺だって震災からこっち人間らしい生活をしてねえんだ。

思いが通じたのか、黒ラブの目にあきらめの色が浮かんだ。情けない顔をうつむけて歩き出し、池をふちどる自然石の上に前足を置き、首を垂れて水を飲み始めた。痩せて皮の垂れた腹がひくひく動く。首輪にはロープが繋がれ、その先は止まり木に結ばれていた。置き去りにするならせめて自由にしてやれよ。ノラになるくらいなら死ねってことか。黒ラブの鼻先から波紋が広がり、水面に映る空がちぎれて波打った。池の水は放射性物質のスープのはずだ。

ぴちゃぴちゃ、ぴちゃぴちゃ。しみったれた水音を聞いてると、俺まで惨めったらしい気分になる。なぜ怒らないんだ。いら立ちが込み上げる。怒り狂え。牙を剝いて吠えろ。

黒ラブは首を上げ、まだなんか用かと言いたげに俺を見た。もちろん用はない。

水の色が暗くなった。俺は空を見上げる。

三十年前は、美鈴の母親が裏門まで見送ってくれた。彼女は俺をインターホンも知らない田舎の子と決めつけ、使い方を教えようとしたのだ。美鈴の母親はきれいで、いい匂いがして、上品だった。俺は阿呆のようにうなずきながら、黙って説明を聞いていた。

裏門を内側からよじ上る。考え事をしていて周囲に人がいないか確認するのを忘れた。道路に飛び下り膝を伸ばすと、思いがけなく目の前に人がいた。青いレインコートの女。レインコートは防護服の代用だろう。すっぽりかぶったフードと顔の下半分を覆うマスクの間で、ぎょっと見開いた目が俺を凝視している。女に叫ばれたら面倒だ。町のどこをパトカーが巡回しているかわからないのだ。俺は彼女が首に下げた身分証に目をつけ、とっさに機転を利かした。

「あの、犬がいるんですよ、こんなか」と、冷静なふりで門の内側を指差す。

「はい？」彼女の眉がぴくんと跳ね上がる。

「ペット・レスキュー隊ですよね」

「ええ、はい。そうですけど」彼女はきょとんとしている。

「だから犬がいるんです。飼い主に置き去りにされて腹を空かせていて」

「犬ですか」彼女は俺が指差すほうを向き、眉をくもらせた。「死にそうですか？」

「放っておけばいずれ。餌になるもの持ってませんか？」

「あいにく私、猫専なもので」

彼女は困った顔になり、レインコートのポケットから猫缶を取り出した。よく見れば身分証の「ペット・レスキュー隊」の下に「ねこのはこぶね」と団体名がある。

「猫缶でもいいです。食えるんなら」

「でもこれ、預かりものなんです。私の判断であげちゃっていいものか。緊急を要するのであれば犬専のグループに連絡します。お知り合いの家ですか？」

「知り合いっていうか、友だちの家。昔の同級生。俺の家はこの近くで、昔はよく遊びにきてた。様子を見にきたらたまたま犬を見つけちゃって」

「連絡はとれますか？　飼い主の了解を得られれば犬専のグループに頼んで保護してもらいます

けど」

「連絡は無理だ。携帯番号知らないし、避難先も知らないし」

「あなたも避難者ですか？　飼い主の代理人になってくだされば保護は可能です。もしよろしければ、名前と連絡先と避難先を教えていただけますか？」

会話はどんどん面倒な方向へ進んでいく。俺はただ、自分が犯罪者ではないことを伝えたかっただけなのに。

「いや、避難してないんだ、俺。表通りの、吉田理容店て看板を出してる家が俺の家です。じゃ、いいです。自分でなんとかします。驚かせてすみませんでした」

頭を下げて話を打ち切り、彼女に背を向けて逃げるように歩き出す。なのに、あろうことか彼女は早足で追いかけてきた。

「あの、すみません。私、『ねこのはこぶね』の三村怜子といいます」彼女はマスクを引き下げて顔を出した。女子大生と思っていたが、おそらく三十代の前半くらいだ。「置き去り猫の保護活動をしています。この先の岩崎さんというお宅の三毛猫、見かけませんでしたか？　写真があります。これです。マー君という名前です。岩崎さんの依頼で探してます」と早口で言う。

「岩崎さんは知ってるけど、猫はな。よくわかんねえな」

猫の写真を見せられたって困る。猫の顔なんかいちいち気にかけちゃいないのだ。

「あの、もし見かけたら連絡していただけますか？　私の電話番号、書いておきます」

怜子は名刺を引っ張り出しボールペンで携帯番号を書いていった。俺は呆れた。どうしてそうやすやすと個人情報を教えるのだ。阿呆なのか、お人好しなのか、どうして俺を疑わないのだ。とんでもない嘘つきの悪人かもしれないじゃないか。

「このへん、よく歩かれるんですか？」名刺を渡しながら女は尋ねた。

「俺の町だからな」ろくに見もせず、名刺をズボンのポケットに押し込む。

「避難されないのは理由があって？　やっぱり、ペットと別れたくないから？」

「ペットじゃねえよ、お袋だ。病気で動かせねえんだ」

「あ。すみません、失礼しました」怜子は慌てて口を押さえた。

「いいけどさ。それよりあんた、いつもひとりで歩いてんの？　けっこう物騒だぜ、この町」

「仲間はいます。マー君の行動範囲に捕獲機を仕掛けて、入っていないか手分けして見て回っているんです」

「気をつけたほうがいいよ。どこにどんなやつが潜んでるんだか」

「はい。気をつけます」

「じゃ、マー君を見かけたら電話する」

「ありがとうございます」膝に額がつくくらい、怜子は深々と頭を下げた。

猫がどうなろうと知ったことじゃない。それでも、久しぶりに女性と会話らしい会話ができてうれしかった。

彼女と別れると、自分がひとりでいることが痛切に意識された。

角を曲がり、表通りに出て商店街を歩く。小さな町だ。西へ延びていく街の彼方には老年期の山並みが横たわり、なだらかな稜線にぶよぶよの太陽が落ちていく。無人の街に西日が差す。オレンジ色に染まる車道は車も人影もなく、必要以上に夕映えを照り返している。アスファルトの路面に俺の影だけが長々と伸びる。目に見えない手が俺の影をつかんで無理やり引き伸ばしているみたいに。なんだかこの世ではないような眺めだ。

震災の翌日、原発が爆発したという報せに住民はばたばたと避難していった。傷病人でごった返していた八坂医院も、夕方には玄関を閉ざしてしまった。しかし俺は逃げなかった。逃げられなかった。家の前に立って次から次へ煙草を吸いながら、暮れてゆく街をひっきりなしに走り抜けていく車をぼんやり眺めていた。あのときの気分は忘れられない。自分の中からいろんなものが抜け落ちていくような気がした。しまいには自分が空っぽになるのではと空恐ろしくなった。

目の前に車が止まり、行きつけのラーメン屋の店長が運転席から首を突き出し、「なにぼけっと突っ立ってんだ」と怒鳴るように声をかけてきた。

「お袋の具合がわりいんだ」俺は煙草を持ったほうの手を上げ、なるべく余裕の表情に見えるよう努めた。「いまは動かせねえ。無理させたら死んじまう」

「無理させてもいいがら逃げろ。放射能の雲が飛んでくんぞ」

「行き先もわがんねでどごさ逃げんだよ」

「余裕ぶっこいてる場合か」彼は怒り顔を残して走り去った。

陽が暮れるころには箒《ほうき》で掃いたように町から人が消えた。夕闇が町を覆い、とめどなく暗くなった。人生が終わってしまった気分だった。

あれから半月がたつ。民生委員が説得にやってきても俺は町を離れなかった。母が死んだら避難するつもりだが、母の命は風前のともしびのままなかなか消えない。放射能が怖くないか訊かれれば慣れたとしか答えようがない。強がりじゃない。死の不安にだって人は三日もすれば慣れる。先行きの見えないまま生き続けるほうがよほど怖い。

震災の爪痕はいたるところで目にする。無傷の家とどうしようもなく壊れた家が平然と隣り合う。しかしまあ、どれもこれも空き家という点では同じだ。道路は波打ち、ひび割れ、陥没し、崩れたブロック塀や砕け散った屋根瓦をどかす人もなく、強い余震が襲うたび町はますます壊れていき、誰にも止めようがない。

駅に近づくと、線路を越えてなだれこんできた津波の残した泥土が、夕闇に腐ったような臭いを広げる。線路の向こう側には田んぼが広がり、海岸から押し流されてきた車や家の残骸がいまも残され、どれくらいの遺体が埋もれたままなのか知りようもなく、夜になれば何もかもが闇に呑み込まれ、死者の沈黙が夜の静けさを深くする。おびただしい死にくらべれば俺一個の生なんて軽い。ないのと同じくらい軽い。

駅まで歩き、意味もなく階段を上り、閉鎖された駅舎に背を向けて商店街を眺める。

本来なら店の看板や家の窓に明かりが灯ってもいいころだ。震災前はいま時分がいちばん好きだった。さあ居酒屋で働く時間だと張り切って家を出たものだ。田舎町の商店街の明かりなんて知れたものだが、それでも俺の心は浮き立った。顔見知りのじいさんやばあさんに挨拶しながら歩くだけでもいいものだった。いまでは、街はただ夕闇に沈んでいくだけだ。街灯と信号機は復旧したが何も照らしちゃいない。街灯は冷たい光を並べ、信号機は意味もなく点滅を繰り返す。見慣れた町が、暗くなるにつれ見たこともない顔に変貌していく。ここは、できたての廃墟だ。

街の西側にある吉田理容店が俺の家だ。店は三年前に閉めたが、看板と壁のサインポールはそのままにした。こんなものでも取り外せば過疎の町がますます寂れていく気がしたからだ。

五年前、父が大腸癌で死んだ。しばらくは母がひとり床屋を守ってきたが、三年前に脳梗塞で倒れた。発見が遅れたため後遺症は重かった。そのころ俺は工学系の専門学校を出て東京の事務器機メーカーで働いていた。エンジニアになりたかったが営業に回され冴えない毎日を送っていた。ひとり息子だった俺は、母の介護のために会社を辞めて田舎に帰った。母は寝たきりになっていた。口もきけず、ひとりで歯も磨けなかった。

高校時代の同級生がやっている居酒屋に働き口を見つけ、日中は母の世話をし、夕方から店で働いた。常連客ばかり相手にする商売は気楽だった。女の客といい仲になることもあったが、寝たきりの母がいると知ると彼女らは決まって態度を変えた。女を恨んでも仕方がない。母が死んだら原発で働こう、そうすれば結婚もできるさと思っていた。常連客に原発関連会社の社長がいて、工学系の学校を出てるならいつでも歓迎だと請け合ってくれたのだ。あの時点では、原発は希望の光だった。なのに、その原発が吹き飛んだのだから文字どおり希望も吹き飛んでしまった。

原発が爆発したと聞いたとき、俺も最初は逃げようとした。ミニバンの荷台に蒲団を敷き、母を抱き上げて運び寝かせもしたのだ。しかし、それだけの移動で辛そうな息を吐く母を見ているうち、身体が震えてきた。母は風邪をこじらせて入院し、二日前に退院したばかりだった。闇雲に出発しても、どこへどれだけ逃げればいいのかわからない。見回りに来た町内会長が言うには「とにかく遠くへ」だ。衰弱した身体で母は耐えられるだろうか。避難先に母を受け入れる病院はあるだろうか。走っている間に死んだらどうする。どうやって葬儀をあげればいいのだ。不安は増殖し、頭を駆けめぐり、結局、俺は避難をあきらめた。どうせ死ぬなら家で死なせてあげたい。そう、どうせ人は死ぬのだ。

散歩から戻るたび、ひょっとして母が死んでいるかもと考える。不安か期待か、自分の心がわからない。

床の間に置いた介護ベッドで母は寝ている。母の顔を懐中電灯で照らし、鼻の下に指を当てる。微かな息を指先に感じ、生きていることを確かめると、軽く肩を揺すり、母を起こす。濁った目の中で瞳孔が縮む。震災以来、母の眠りは長くなった。一日の大半は眠っている。目覚めても母の意識はうつろで、意思というものがなくなってしまった。

「八坂先生の家さ行った。三十年ぶりだ」と母に話しかける。「泥棒みてえに門を乗り越えて」

もちろん返事はない。俺はかまわず話し続ける。「犬が留守番してだ。八坂先生、いつの間に犬なんか飼ってたんだ。散歩させでるどごなんか見だごどもねえのに」

紙おむつを外し、タオルで汗を拭き、浴衣を交換する。母の裸体を見るのもいまでは日常だ。母の手足は筋肉が落ちて枯れ木のように細い。蠟を塗ったように肌が白く、血管が青黒く透けて見える。髪は白くまばらで、顔は皺の中に埋没してしまいそうだ。七十を過ぎたばかりなのに九十過ぎにしか見えない。手足をマッサージし、床ずれしないよう身体の向きを変え、できてしまった患部に軟膏を塗る。見るからに痛々しいが、傷に触れても母に反応はない。声ひとつ洩らさないし皺の一本も動かさない。

俺が世話しているのは母の身体だが、本当にこの中に母がいるのか疑いたくなる。それでも、この中から俺が産まれてきたのは確かだから、俺が始末をつけるべきなのだ。

カセットコンロでお湯を沸かし、レトルトパックの白粥を温める。

幸運なことはふたつある。ひとつは災害時用の手押しポンプの井戸が近所にあること。いまのところ放射能は検出されてないから洗濯にも清拭にも使える。もうひとつは釣り好きだった父がアウトドア用品を遺していたこと。カセットコンロやランタンや水タンクがあるから、ライフラインの断たれた家でも生きていけるのだ。

温めた白粥をスプーンですくい、母の口元に運ぶ。母はなかなか唇を開かない。白粥の立てる湯気が母の鼻先を湿らせ、本能に働きかけるまでは忍耐の時間だ。

四、五歳のころを思い出す。俺のご飯茶碗はプラスチックで、三匹の子ぶたの絵があった。俺が茶碗を目の高さに浮かせくるくる回しながら小ぶたに話しかけていると、スプーンでテーブルを叩き早く食べろと母が叱った。いまは俺がスプーンを宙に浮かせ、母の唇が開くのを辛抱強く待っている。流動食を自分で飲み下す力はしぶとく残っている。母を生かしていることは俺の誇りだ。避難しないという選択が正しかったかどうかなんて誰にわかるもんか。しかし、甲斐甲斐しく母の世話をしながら、俺の背中にはぺったりと、母の死を願う心が貼りついている。

なあ、と、今度は声に出さず心の中で語りかける。八坂美鈴のことは覚えでっか？ 母ちゃん一回だけ美鈴の髪をセットしたべ。あの頭、美鈴は気にいらねようだったど。母ちゃんは俺が店を継がなかったことで俺を恨んだが、俺だって美鈴のことではずいぶん母ちゃんを恨んだんだ。

原発事故のおかげで人生が狂ったとみんなは怒る。怒るのは不安だからだ。不安に押し潰されまいとして怒るのだ。俺だってずいぶん怒った。二階に上がればひとりで荒れ狂った痕跡がそのままだ。二階は床が傾いていて長くいると気分がおかしくなり、知らず知らず不安がふくれあがっていく。だから俺はもう二階に上がらない。二階にいると頭がおかしくなる。

お茶を飲ませ、食べこぼしを始末し、母を寝かせると、俺の食事が始まる。食パンにサバ味噌、カップ麺に納豆と、ありえない組み合わせになる日も多い。

食料はとなり町で調達する。原発から三十キロ圏内。二十キロ圏との境に検問があり「立入禁止」の看板も立っているが、警察に免許証を見せて事情を話せばうるさいことは言わない。警察だって住民をあまり刺激したくないのだろう。検問を抜ければ、屋内退避区域といえど人の生きている世界だ。沿岸部は津波にやられ原発事故で自主避難した人も多いが、それでも人の暮らしがある。商店街は軒並みシャッターを閉ざしていても、郊外にはショッピングセンターがあり開いている店は開いている。震災直後は物資がまるで入ってこなかった。買い物のできる店を求めて遠くまで足を延ばしたものだ。物資不足は続くが、いまはそこまで苦労はしない。買い物をしていれば心が安らぐ。ここがまともな社会だと信じていられる。

酒はただで手に入った。俺が働いていた居酒屋の店長が、客がキープしていたボトルを退職金代わりに俺にくれた。「どうせ店はしまいだ。文句を言う客もいねべ」と。

店長はとなり町の市民ホールに家族を連れて避難していたから、俺は買い出しのついでによく会いに行っていた。東京に移住することにしたと店長から聞いたときはショックだった。同世代の仲間は俺のまわりから次々と姿を消した。みんな働き盛りだし、子どももいるしで、仕事と安全な環境を求めて他所へ移っていったのだ。

最後に会ったとき、店長はホールの床に毛布を敷いた上で、痔の痛みに呻きながら伏せっていた。冷たい床に長時間座り続けたおかげで肛門が痼癪を起こしたのだ。広い意味ではこれも原発事故の被害だと店長は怒っていた。

「ぜってえ東電に慰謝料を払わせっかんな」と、鼻息荒く店長はまくし立てた。「嫌だと言ったら東電の社長に俺の腫れ上がった肛門を拝ませてやる」

「どうだがな。痔は前から悪かったんだべ」俺が笑うと、「おめえらがそういう甘い態度でいっからあいつら反省しねえんだ」と声を荒げ、「いてて」と顔をしかめた。

店長の言うとおりだ。どうして俺は怒れないのだ。

店長から受け取った合い鍵で居酒屋の勝手口を開けると、焼酎やビールや洋酒が混合した臭いと食材の腐った臭いが襲撃し俺は吐きそうになった。棚のボトルは半分くらい床に落ちていたが、残りの半数だけでもひとりの人間をアル中にするのに十分な量だった。俺は端から順に車に運びながら、ボトルの首に下がった名札を読み、いちいち客の顔を思い出した。どんな声で、どんな話をし、どんな財布を持っていたかまで。海辺に家のあった客は無事だろうか。原発で働いていた客はどうしているだろう。彼らの口から原発の悪口を聞いたことはなかった。「放射能で死んだやつはいねえ」と彼らは言っていたが、その一方で、白血病で死んだ原発労働者の噂も耳にした。原発に反対する者はまとめて左翼呼ばわりだが、同じ口が平気で東電社員の陰口をたたいてもいた。

居酒屋にあったボトルはみんな、かつて床屋だった店の中に置いた。幸か不幸か、おかげで酒にだけは不自由しない。

夕食を終え、ランタンを手に店に下りる。店は床屋をしていた当時のまま、整髪剤の匂いもうっすら残っている。三脚の床屋椅子と壁の鏡。陶器の洗面台。シェイビングブラシと泡立てカップ。居抜きで貸し店舗をするつもりで備品を残していたが、過疎の進む町に参入する同業者なんているわけがなかった。

壁の鏡がランタンの光をまばゆく反射する。子どものころ、夜中に店の鏡を見るのが怖かった。鏡が映してきた人々の残像が表面に浮き出てきそうで。床屋椅子も怖かった。椅子に座った人々の影が残っているようで。俺はいまでも、真夜中に店の鏡とまともに向き合えない。

待合い用のソファに座ってボトルを傾けながら、目の前の本棚から漫画や雑誌を抜き取りぱらぱらと捲る。どうせ暇つぶしだから同じものを何度も読み返している。三年前の少年ジャンプでもかまわない。友情と努力と勝利が信じられた時代の漫画雑誌だ。

眠くなれば服を着たままソファで毛布をかぶる。もう、自分がどんな臭いを発しているかも気にならない。パジャマに着替えないのは無精だからじゃない。強い余震が襲ってきたら即座に母を抱いて外へ飛び出すためだ。飲み過ぎないよう節制はしている。原発事故のせいで身を滅ぼしたって誰も同情しない。みんなこう言うに決まってる。要するにあいつは自分に負けたんだと。だからほどほどに酔って眠るようにしている。

真夜中に叫び声を上げて目を覚ます。毎晩。叫び声の余韻が残る暗闇に身体を起こす。悪い夢を見ていたはずで、全身の血管の脈打つ音が体内に鳴り響く。なのに、どんな夢を見ていたのか思い出せない。それでも胸騒ぎは尾を引き眠れなくなる。形のない不安が重量級でのしかかり俺を押し潰す。気が狂いそうになり酒に手を伸ばす。ボトルに口をつけ酒を喉に流し込む。

震災前はこんな飲み方はしなかった。俺は一人前に自制心を持ち合わせた人間だった。自分が駄目になっていくのがわかる。しかし、自分を駄目にする以外に正気を保つ方法がわからないのだ。

翌朝、ペット・レスキューの女に思いがけなく再会した。

となり町のショッピングセンターで買い物をしていて、ペット用品のコーナーで足を止めた。人間の食べ物よりもペットの食べ物のほうが豊富じゃないかと、犬の絵や写真のついたパッケージを漠然と眺めていた。「あら」という声がして振り向くと、立っていたのは昨日の女だ。グレイのスエットにジーンズという地味な服装で、キャットフードの袋を胸に抱えていた。

「ドッグフードを探してるんですか?」と訊かれたから、「ええ、まあ」と答えた。他にどんな答え方があるだろう。「けっこう種類があるもんですね」

「犬種はわかります? 大人ですか、子犬ですか?」

昨日の犬のためだとは言わなかったが、彼女はそうと決めつけてあれこれ質問し、適当なドッグフードを選んだ。「これでいいと思います」と彼女が差し出すのを突き返すわけにもいかず、成り行きのまま俺はドッグフードを受け取った。

人の善意ほど厄介なものはない。無駄遣いをしてしまったと秘かに彼女を恨みながらレジに向かった。その他に俺が買ったのは菓子パンとカップ麺と野菜ジュース、母に食べさせる離乳食のレトルトパック。これだけ手に入れば上等だ。

レジ袋を提げて店を出ようとした俺を、彼女が「あの、すいません」と呼び止めた。「もしよかったら、少しお話ししませんか?」

「お話しって?」

「いえ。ただのおしゃべりでいいんです。ご迷惑でなければ」と、申し訳なさそうに作り笑いを浮かべる。控え目のようでいて、芯は強情そうな顔をしていた。

店の隅の喫茶コーナーに席をとり、彼女がコーヒーの自販機を操作している隙に、こっそり彼女の名刺をズボンのポケットから引っ張り出した。三村怜子。ねこのはこぶね。本部は埼玉県さいたま市。わざわざ埼玉からボランティアにやってきたのだ。

紙コップのコーヒーをテーブルに置き、怜子は俺の名前を尋ねた。

「吉田陽平」と俺は答えた。なるべく無愛想に。しかし突《つ》っ慳貪《けんどん》にならない程度に。

彼女は俺とどんな話がしたいのだ。本当にただのおしゃべりなら歓迎だけど。同情心も好奇心も、同じ程度に俺を居心地悪くさせる。

「昨日は失礼しました」と、怜子はしおらしく頭を下げた。

「マー君は見つかりましたか?」俺も礼儀正しく振る舞う。

「駄目でした。捕獲機を四つ仕掛けておいたんですが、かかっていたのは別の猫でした。元気そうな猫は放してあげて、がりがりに痩せていた子猫だけ保護しました。本当に痩せていたんです。こうして抱き上げると手のひらに骨がごつごつ当たって」言いながら、怜子は子猫を抱き上げる仕草をした。「放っておけば命にかかわる猫だけは保護してシェルターに送ります。シェルターで里親を募集しますが、ホームページに写真を公開して本来の飼い主さんも捜します。やっぱり将来的には、本当の飼い主さんに返してあげたいですから」

彼女は伏し目がちに訥々《とつとつ》と話した。まるで、いけないことをしている言い訳のように。

「昨日は失礼しました」と彼女は繰り返した。「いきなり目の前に男の人が現れたものだからびっくりしちゃって」

「泥棒と思ったんですよね」俺は目を伏せて軽く笑った。「しょうがないな。まともな人間は人んちの門を乗り越えたりしない」

それから、八坂医院の裏門にまつわる思い出を俺は語った。小学六年の四月に東京から転校してきた女の子のことも。東京生まれを鼻にかけて、自分がかわいいと知っている、つんとして無愛想な子。友だちをほしがるふうではなく、休み時間にはいつもウォークマンで洋楽を聴きながら窓の外を見ていた。そんな転校生を女の子たちは陰で「サル」と呼んでいた。

「サル？」怜子は首をかしげた。

「サルに似てたわけじゃなくて。ほら、ウォークマンが発売されたときのコマーシャルは知ってる？」

「すみません、知りません」

「サルが二本足で立って、ウォークマンで音楽を聴いてるコマーシャル」

「あ、それなら見たことあります。テレビの懐かしＣＭ特集みたいな番組で」

「そのサルをあだ名にしたんだ。女の子って怖いな」

「女の子ってそうですね。団結するとどこまでも残酷になれる」

「彼女も俺たちを相手にしなかったし。聴いてたのはビートルズやイーグルスやビリー・ジョエル。ヘッドホンをつけて不機嫌そうにしてるんだから、近寄れもしなかった」

「近寄れないわりに、どんな曲を聴いていたのか吉田さんはご存知だったんですよね」

「いま考えると不思議な仲だったな。学校では知らんぷりでも、家では仲良くしていた。あの家に孔雀がいてね、俺は孔雀が見たかったし、彼女のほうでは俺に孔雀の餌を捕ってきてほしかった。孔雀って何を食べるか知ってる？　蛙なんだよ。俺は彼女の命ずるまま、蛙を捕まえては献上していた。蛙持参ならばご面談を許される、みたいな。なんでかな、彼女の言いなりになってたね」

「吉田さん、やさしいんですよ」

「どうだかな」俺は目を逸らし、店内を見渡した。「蛙、いっぱい殺したのにやさしいなんて言われてもな。昨日、家に入ってみたら孔雀がいた鳥小屋がまだ残っていて、犬小屋になってた。置き去り犬とばったり出会って、結局は餌をやる羽目になったんだからどういう因縁なんだろう。歴史は繰り返すってやつ？」

「なんだかいい話ですね」

「いまの話が？」俺は苦笑した。「不法侵入。れっきとした犯罪だ」

「おかげで救えた命があるなら、犯罪だっていいじゃないですか。人間が許さなくても許されることってあるはずです」

妙なことを言う人だ。人間が許さない罪を誰が許すのだろう。

「もしかして、『ねこのはこぶね』って宗教団体？」俺は訊いた。

「いいえ。どうして？」

「いまの言い方、宗教みたいだったから」

「宗教とは関係ありません。『ねこのはこぶね』ってキリスト教みたいですけど、違うんです。ノアの箱舟ってありますよね。最初は『ノラの箱舟』にしようって話だったんです。野良猫のノラです。それじゃ紛らわしいから『ねこのはこぶね』に落ち着いたんです」

「あんまりだな、ただのシャレか」俺は笑った。

「そうですね。あんまりですよね」怜子も笑った。

「よかった。宗教の勧誘だったらどうしようって、実は警戒してた。拉致されて箱舟に乗せられちゃうのかなって。ニャアニャアうるさい船に閉じ込められたり」

「ああ。でも、少しうれしいかもしれない」

「俺、子どものときにノアの箱舟の映画を観て、素朴な疑問を抱いたんだ。どうしてノアは蛇を箱舟に入れたんだろ。ま、映画には蛇の一匹も出てはこなかったけど、聖書の話は大雑把に知っていたから。蛇って神に逆らった悪い生き物でしょ。その蛇を箱舟に入れたから、蛇は絶滅せずにすんだんだ。でも、蛇を救う必要ってあったのかな？　この世には悪も必要だって考えなら、どうして神は洪水を起こしたんだろ」

怜子はきょとんとして俺を見ていた。しばらく黙っていたが、「ごめんなさい。どう答えたらいいかわからなくて。そんなこと考えてもみなかったから」と顔を伏せた。

「いや。なんかつまんない話をしたみたい。子どもの屁理屈です。忘れてください」話を区切り、店内を見渡した。「ここにいるとほっとする。ＢＧＭを自粛してたり節電で店の中が暗かったり、棚はすかすかでも、買い物をしてると安心できるんだ。なんつうか、生きてる実感が湧く。変かな？　外を歩いてる人はいなくても、ここはけっこう人がいるし子どもも元気だし。みんな、ちゃんと生きてるなって。当たり前なんだけど」

「あのう、お母さんの具合はいかがなんですか？」

「どうだろう。もう長くねえや。だったら無理に避難して寿命を縮めるより、俺が自宅で看取るほうがいいかなって」

「介護は奥さんとしてるんですか？　それとも奥さんは避難されて」

「奥さんなんかいねえよ。俺は独身だ」

「じゃあいま、お母さんはお家におひとり？」怜子は目を剥いた。「ごめんなさい。私てっきり、奥さんがお留守番しているとばっかり。無理に引き止めてご迷惑だったんじゃないですか。早く帰ってあげないと」

俺は目を伏せ、汚れた爪先を眺めた。「お袋はいいんだ。四六時中見張ってなきゃ死ぬってわけでもないし。もう少しゆっくりしよう。今度は俺がコーヒーおごる」

戸惑っている怜子を残して俺は腰を上げ、自動販売機に向かった。新しい紙コップのコーヒーをテーブルに置き、あらためて話し出す。自分のことばかり、しかもくだらないことばかり、堰《せき》を切ったようにとめどなく口からあふれ出た。震災の前日まで働いていた居酒屋にどんな客が集まり、どんな馬鹿話をし、失態を演じたか。これでもけっこう女性客にもてていたこと。田舎町でどんなデートをし、しまいにはふられていたか。どうでもいい話だ。話す価値なんてこれっぽちもない。なのに止められなかった。頭に血が上り、会話のルールを忘れ、相手の顔色も見ずに一方的にしゃべり続けた。

興奮すると無性に煙草が吸いたくなり、外に出て喫煙コーナーで一服した。まだまだ話し足りなかった。山ほどもある話したいことが頭の中で渦を巻いた。急いで席に戻ると、空になった紙コップを怜子は始末していて、テーブルの上はきれいになっていた。

「もう一杯おごろう」

俺は財布を取り出した。怜子は腰を浮かせ、慌てて俺の手を制した。

「すみません。私そろそろ戻らないと」申し訳なさそうに腕時計を指差す。

「忙しいんだ?」不意に、突き放された気がした。「もう少しいいだろ。まともに人と話すのは久しぶりなんだ」

「ごめんなさい。実はいま、携帯に仲間からメールが届いて」

「携帯なんか切っちまえよ」つい、かっとして声が大きくなった。自分の声に気持ちが高ぶり感情がぶれていく。

「ごめんなさい」怜子は肩をすくめた。

「結局あんたらは、人より猫のほうが大事なんだ」

「ときどきそういう批判を受けます」怜子の顔色が変わった。「だから私、迷っていたんです。このまま猫のレスキューだけしてていいのかなって。箱舟に猫だけ乗せるって変ですよね。そのことでお話しが聞きたかったんです、本当は。避難地区に残っている人はどういうお気持ちなんだろう。私に手助けできることがないかって」

「同情するなら他を当たれ、俺はごめんだ」煙草をくわえ、自分の靴を見下ろした。四十を過ぎても拗《す》ねた子どもと同じだ。いつの間に俺はこんな弱い人間になったのだ。「なんで犬猫のレスキューなんか始めたんですか？」目を伏せたまま俺は尋ねた。

「みんな、やむにやまれぬ感情で動いてるんだと思います。原発だけを責めるんじゃなくて、人間が人間のために作り上げた社会が動物たちを苦しめてるなら、その罪は人間ひとりひとりが背負わなくちゃいけない。そういう考えです」

「俺が聞きたかったのはそんなことじゃねえよ」俺は目を上げた。「俺だって人間だ。その罪ってやつを俺も背負ってるのか」

怜子は口を開きかけて言い淀み、固く結んだ。ひどく哀しそうな目をしていた。

「なんで犬の餌なんか買っちまったんだろ」俺はレジ袋のドッグフードを見下ろし、呟いた。

「なんでだべ」

「やさしいからじゃないですか」小さな声で怜子は言った。

「やさしくなんかねえよ、俺は」

「やさしいからです」

「冗談じゃねえ」

俺は背を向けた。店の外に出る俺の後ろを彼女はついてきた。

「お腹の空いてる犬は胃が弱ってますから、餌は小分けに与えてください。いっぺんに与えると際限なく食べてお腹をこわしちゃいますから」

駐車場で別れるとき、怜子は言った。

「人間と同じだな」俺は言った。「俺も身に覚えがある」

車に戻ってから、ズボンのポケットに手を入れ指先で名刺に触れた。怜子は、駐車場の端のほうで赤い小型車に乗り込むところだった。

イーグルスの「ホテル・カリフォルニア」を口ずさみながら八坂医院の裏門を越える。

八坂美鈴がウォークマンで聴いていた曲。高校生だった彼女の兄が自宅のプレーヤーで聴いていた曲。音楽は二階の窓から庭に流れ、俺も自然に覚えてしまった。ただし理解できた歌詞はサビだけ。「ウエルカム　トゥ　ザ　ホテル　カリフォルニア」

歌詞の意味を知ったのは中学生になってからだ。受け入れるのが運命なのさ。チェックアウトはいつでもできるが、決して立ち去ることはできない。

物音を聞きつけて黒ラブが鳥小屋から顔を出す。目が期待に輝いている。俺は懐からドッグフードの袋を取り出した。ようこそ、ホテル・カリフォルニア。

池をふち取る自然石を石皿にして、ドッグフードをひとつかみ盛る。

待て。よし。黒ラブは鼻息も荒く瞬く間にたいらげ、長い舌で石の表面をきれいに舐めつくし、石に付着した放射性物質まで削り取った。

まだまだ足りないと、黒ラブは俺に鼻面を突き出す。彼の体毛が発する悪臭に思わずのけ反ったとき、首輪にサインペンで書いた文字に気づいた。ヘンリー。彼の名前だ。

「ヘンリー」と呼んでみる。

黒ラブは怪訝な顔をした（ように見えた）。俺をその名で呼ぶお前は何者だ、と言いたそうな目で。

「どういう因縁なんだが」俺はもうひとつまみドッグフードを盛る。「その小屋に飼われていた孔雀を知ってるか？」待て。「ガルちゃんて名前だ」よし。

「インドじゃ孔雀は神様の鳥なんだぜ」待て。「神様の鳥の名がガルちゃんだ」よし。

「インドで孔雀は何を食べると思う?」待て。「コブラやサソリ」よし。

「日本でガルちゃんが何を食べていたか当ててみろよ」待て。「蛙だ」よし。

「俺がガルちゃんに餌をあげてた。ガルちゃんがいた小屋にいまはお前がいて、やっぱり俺が餌をあげてるなんてな。歴史は繰り返すって本当なんだな」

庭石のひとつに腰かけ、煙草に火をつける。ふと、視線を感じて二階の窓を見上げる。気のせいだ。カーテンが揺れた気配もない。まさか、美鈴が見ているはずはないのだ。理屈ではわかっていてもしばらく動悸が続いた。

美鈴がうちの床屋にやってきた日を思い出す。

インフルエンザが完治し、明日から登校するという日の午後。父に呼ばれて店を覗いてみると、驚いたことに美鈴がカットクロスを巻いて床屋椅子に座り、母に髪を切らせていた。母ときたら皇室の令嬢が来店したような舞い上がりようだった。俺は俺で頭が混乱し、みっともないほどうろたえた。なぜ、なぜ、なぜ? 美鈴はティーンズ雑誌の読者モデルになってもおかしくない子なのに。うちは「パンチパーマは当店で」というポスターをでかでかと貼っている店だ。

「美鈴がうちにきたのはその一回きりだ」とヘンリーに語りかける。「俺と話をするきっかけが欲しかったんだ。学校で話せることじゃなかったしな」

髪をセットし終えた美鈴は、店を出ると庭にまわって俺を呼んだ。俺は仰天して台所に逃げ込み、跳ね上がる心臓が落ち着くまで深呼吸を繰り返さなければならなかった。母が近所の店に走り買ってきたアイスキャンデーを手に、俺は美鈴と並んで縁側に腰かけた。美鈴は母の手でセットされた髪に不満そうだった。俺はろくに手入れしていない庭が恥ずかしかった。キンセンカもデイジーも貧相な花に見えた。

「私の家の孔雀、熱心に見てたでしょ」と、美鈴は横目で俺を見た。俺の弱みを握っていると言うふうに。「鳥小屋の柱をバンバン叩いたでしょ。その音を聞いて私、カーテンの隙間から見たんだよ。知らなかったでしょ。私の部屋、二階にあるから」

かっと顔が熱くなった。「見てんじゃねえよ。見てたんなら声くらいかけろよ」

「うちの孔雀、好き?」と訊かれて俺はうつむき、「びっくりさせれば羽根を広げると思ったんだ」と答えにならないことを口走った。

「名前はガルちゃん。正式にはガルーダ。インドで孔雀は神様の鳥なんだよ、コブラやサソリを食べてくれるから。お祖父ちゃんは病院の守り神のつもりで飼ってる。孔雀は毒を呑み込んで征伐する鳥だからって。きっとね、孔雀がきれいなのは毒の成分なのよ」

「近所に孔雀がいるなんて知らなかった。どうせ飼うなら外から見えるところで飼えよ」

「そんなのうちの勝手でしょ。でも言っておくけど、孔雀が羽根を広げるのは発情期に入ってからよ。五月になってから。吉田君、見たい?」

発情という言葉を美鈴が平然と口にしたので俺は驚き、返事ができなかった。

「でも条件がある。蛙を捕まえてくれない？　孔雀は蛙も食べるんだよ」

「毒蛙なんてこのへんにいねえよ」

「毒がなくても、生き物を生きたまま食べたら毒になるのよ」

そんな話は聞いたことがなかったが、あえて反論はしなかった。

「ふつうの蛙なら、そのうち湧いて出てくる」

「じゃあお願い。交渉成立。お祖父ちゃん孔雀に何を食べさせてると思う？　ニワトリの餌よ。それって孔雀への侮辱でしょ。私はね、この町に引っ越して正直がっかりなんだけど、でもあの孔雀は気に入ってるの。私が育てたいの。だから協力して」

断るわけがなかった。蛙さえ捕まえてくれれば孔雀に会える。堂々と裏門を抜けて美鈴に会いに行ける。そして蛙なんてわけなく捕まえられるのだ。

ヘンリーが胃の中のものを吐き、俺は追想を止めた。どろりとしたドッグフードが石皿の上に広がっていた。俺は慌てたが、ヘンリーはぜんぜん苦しそうじゃなかった。食べてもいいか、と了解を求める目つきで俺を見るから、俺は「よし」と言った。ヘンリーは吐き出したドッグフードをまた食べ始めた。

俺は腰を上げた。木戸を開けて中庭を出ようとすると、ヘンリーが低い声でひと声吠えた。初めて耳にする彼の鳴き声だった。

家に戻り、母を揺り起こして話しかける。

「八坂先生の犬に餌をくれでやった。出会っちまったもんはしょうがねえ。俺が食わせねば死んじまう」それから「母ちゃんと同じだ」と付け加える。

蒲団を剝ぎ、浴衣を脱がして母を裸にしても、心の居所がわからない。母の心はもう胎児のように縮こまって、この身体のどこかに隠れているのだ。汗を拭き、床ずれの傷に軟膏を塗り、新しい浴衣を着せる。手際よく、母の負担にならないよう注意を払いながら。母の命はどんどん向こう側にずり落ちていく。俺の命まで母に引きずられてずり落ちそうだ。けれど、指の一本でもこちら側にかかっているなら、生きようとしているなら、生かさなくちゃと思う。


初めて孔雀が俺の前で尾羽を広げた日のことを覚えている。五月の連休中のことだ。小田んぼで捕まえてきたアマガエルやトノサマガエルを、俺は鳥小屋に放った。大きいのやら小さいのやら、ぴょんぴょん跳ねる蛙を孔雀は追いかけ、鋭いくちばしで蛙の後ろ脚をくわえこみ、振り回しては呑み込んでいった。喉のふくらみで、蛙が食道を滑り落ちていくのがわかった。蛙にすれば食道は奈落に通じるトンネルだ。胃袋に落ちれば暗闇で溶けていく運命だ。美鈴は胸の前で手を組み、毒気に当てられたようにうっとりしていた。俺はといえば彼女の横顔を盗み見ながら、ぞくぞくするような快感を味わっていた。

一匹残らず蛙を食い尽くし、孔雀は野性の力がみなぎったかのように全身の羽根をふくらませ、ぶるぶると震えた。埃が舞い上がり、猛々しい臭いが風に乗って俺の顔に降りかかる。尾羽がゆっくりと孔雀の背後に持ち上がり、震えながら開いていった。

全身がぴたりと制止し、鳥小屋いっぱいに緑色の羽根と青い目玉模様が広がった。俺は圧倒された。孔雀の背中で無数の目玉が放射状に並び、いっせいに俺を見たのだ。いましがた呑み込まれた蛙の魂が尾羽の目玉模様に乗り移り、俺を見ている気がした。

いま思えばあれは人生を変えるくらいの出来事だった。人生の節目はいつだって、それと気づかないまま通りすぎていくものなのだ。

クエェと、喉をしぼり美鈴が鳴いた。それに呼応して孔雀が鳴き声をあげた。美鈴の顔は孔雀そっくりだった。

一九八一年の五月から八月にかけては、蛙大量虐殺の夏だった。ナチスのユダヤ人狩りさながらに俺は蛙を追いかけ回し、孔雀の胃袋へと送り込んでいった。

蛙の捕獲地に俺が選んだのは町境に近い海辺の水田地帯だ。特に蛙が多かったわけじゃない。海辺の集落は学区が違うから、同じ学校の子に出会うリスクを回避できた。小六にもなればふつうは蛙を捕まえて遊んだりしない。同級生に見つかれば馬鹿にされるに決まっている。俺が美鈴の家の孔雀に餌を運んでいることは秘密だった。美鈴が口止めし、俺は忠実に守った。学校では俺と美鈴は口もきかず、顔を合わせても知らんぷりしていた。美鈴と俺が何をしているか、どういう仲なのか、知っているのは美鈴の家族と俺の家族だけだった。

蛙は田んぼで捕まえる。昔は入り江だったが、大正時代に大規模な干拓工事があり広大な土地が水田になった。そういう土地だから湿地帯があり、探せば蛙はいくらでも捕れたのだ。俺はせっせと蛙を捕まえ、美鈴に貢いだ。蛙は生きたまま孔雀の胃袋に落ち、栄養と化した。その報酬は、鳥小屋の前でしばし美鈴と語らうことだったが、たまに美鈴の母親に呼ばれて家に上がり、ジュースとケーキをご馳走になった。そこに兄が加わり、レコードをプレーヤーにかけて洋楽の解説を聞くこともあった。いま思い返せばそんなものは奴隷の幸福だ。俺が頻繁に出入りするものだから、しまいには美鈴の母親も俺をうとましく思うようになった。口元は微笑んでも眉はひそめていたのだから、いくら鈍感な子どもでも歓迎されていないってことくらいわかる。

俺の手は生臭くなった。顔まで蛙に似てきた。自分が残酷なことをしていると自覚していた。止めたいと思いながら止められなかった。

捕まえた蛙を自分の家に持ち帰ることもあった。二階にある勉強部屋で毛布をかぶって寝ていると、暗がりの中にぺたし、ぴたしという音を聞くことがあった。プラスチックの飼育箱に入れた蛙たちの跳ねる音だ。ぺたし、ぴたし。蛙たちの立てる音を聞いていると胸が苦しくなり、俺は自分の行為を恥じ、悔やんだ。

三十年前の夏、海辺の干拓地へと自転車で走った道を、今日は自動車で走る。遮断機が上がりっぱなしの踏切を越え、海辺へと向かう。電車がこないとわかっていても踏切前では一旦停止せずにいられないのだから、身についた習慣とは怖いものだ。

震災後、海岸に行くのは初めてだ。遺体捜索のために自衛隊が道を整えてくれたおかげで通行は可能だが、踏切を越えようとは思わなかった。ガソリン節約のために不要なドライブは控えていたし、遺体捜索の邪魔をしたくなかった。いや、それよりも、俺自身が遺体を発見してしまうのではと怖れていたのだ。

自衛隊や警察官による一斉捜索は一段落し、いまは瓦礫の山に捜索終了を示す竹棒が立ち、先端で黄色いリボンが風に揺れている。そんなものが道端や田んぼのあちこちにいくつもある。瓦礫のひと山ひと山が墓標のようだ。海に近づくにつれて道は悪くなり、目に映る光景も悲惨さを増していく。津波に壁をぶち抜かれた家。転がされ、強い力でねじ曲げられた車や農機具。散乱する家具や家電品。どこからか流されてきた自動販売機、消防団員のヘルメット。傾いた電柱、垂れた電線。橋脚だけが残った橋。ねじ曲げられたガードレール。路面のいたるところがアスファルトを剝ぎ取られ、うっかり走り抜けると車が激しくバウンドする。

干拓地は海抜が低く、津波が引いたあとも田んぼに水が残った。「干拓地が海に戻った」と話だけは聞いていたが、実際は海というよりも沼に近い。暗灰色の泥水の、途方もない広がり。道端に車を置き、しばらくは沼に沿って歩いた。風はなく、空気が重い。静まり返った水面から突き出す自動車の屋根や、瓦礫の山、家の残骸。見渡す限り人影もなく、鳥の影もない。泥沼の水面に鉛色の太陽が鈍く輝く。こんな寂しい風景がこの世にあるなんて信じられなかった。どれだけの遺体が沈んだままなのだろう。どれだけの蛙が春を待たずに死んでいったのだろう。沼ぜんたいが墓標のない墓場だ。

防潮堤のそばにあった集落は残骸だけになっていた。壊れた防潮堤の向こうに水平線があり、押し寄せる波が垣間見える。防潮林もなぎ倒され、まばらに残る数本が吹き寄せる波しぶきに霞む。遮るものがなくなり、波音がダイレクトに響く。胸にこたえる音だ。

小六の夏休み、炎天下に俺は汗だくになり、田んぼの畦道や水路の草葉をかき分け蛙を捜した。草いきれに息が詰まり顔を上げれば、田んぼの上を風が吹き渡り、青々とした稲の波打つ中に俺がいた。空っぽになった頭の中に波音が重くとどろいた。

夕立が始まれば木立の下に隠れ、稲妻に青白く光る田んぼを眺めた。こんもりと茂る常緑樹の林が風雨に騒ぎ、身悶える緑色のけものに見えた。滴り落ちる雨に俺はずぶ濡れになり、プラスチックの箱の中で蛙たちも騒いだ。雷が鳴ったら大木から離れろと教わっていたが、他に行き場もなかった。取りあえず俺の身を護ってくれるのはそれしかなかったのだ。

忘れていた思い出が次々に甦る。しかし思い出と眼前の風景が重ならない。思い出は宙に浮き、自分がどこにいるのかもわからなくなる。懐かしいどころか、胸がぎりぎりと締めつけられる。泣けてきた。人なんていないのに、泣き顔を隠すために俺はしゃがみ、顔を手で覆った。失われた風景のために、俺は声を押し殺して泣いた。

家に帰るとぐったりし、何をする気にもなれずにただ、母のベッドのとなりに寝そべった。うとうとしていると、庭の黒い土がもぞもぞ動き、蛙がひょっこり顔を突き出す。次から次へと蛙が湧き出てサッシに貼りつき、白い腹を見せながらペタペタとガラスを這い上がる。寝転んで目を閉じているのに不思議とそれが見える。

夏が終わり蛙がいなくなれば、俺の蛙狩りも終わると思っていた。しかし夏の終わりを待たず、蛙狩りは唐突に終わった。

お盆の少し前だった。

俺と美鈴は鳥小屋を掃除するため中に入り、孔雀の糞をちり取りに掃き集めていた。俺はふと思いついて「ガルちゃんを庭に出してみようか」と美鈴に言った。「神様の鳥なのにいつも鳥小屋じゃかわいそうだ」

「大丈夫?」美鈴は不安そうな顔をした。

「大丈夫だよ、ちゃんと見張ってれば」

「そうね。ここじゃちゃんと空が見えないもんね」

俺は孔雀をダチョウと同じ、地上を歩き回るだけの鳥とばかり思い込んでいたのだ。だから、最初はのんびりと池のまわりを歩いていた孔雀がいきなり翼を広げて松の枝に飛び移ったときは目を瞠《みは》った。でも焦りはしなかった。孔雀はまだ俺の手の届く高さにいたからだ。しかし、捕まえようと手を伸ばしたとたん、風圧が俺の顔面を叩いた。孔雀はさらに羽ばたいて一階の屋根へ飛び移っていた。

「ガルちゃんが飛んだ?」美鈴は目を丸くした。彼女だって目の前の事実が信じられないのだ。

「飛ぶのかよ、孔雀が？」俺はうろたえるばかりだ。

「何言ってんの、飛んだでしょ。見てたでしょ。早く、早く捕まえてよ」血相を変えて激しく屋根を指差した。

兄は部活で学校から帰っていない。母は買い物で、父と祖父は仕事だ。家族の応援は頼めない。いや、家族に知られる前に孔雀を鳥小屋に戻さなくてはならない。孔雀を外に出そうと言い出したのは俺だ。俺の責任だ。俺が何とかしなくちゃならない。

美鈴の家に上がり、階段を上って、二階にある彼女の部屋に入る。生まれて初めて入る女の子の部屋だが見回している余裕はない。窓を開け、屋根にそっと足を下ろす。素足に屋根瓦が冷たい。孔雀は俺に背中を向け、長い尾羽をかさかさ鳴らしていた。一歩踏み出せば尾羽の先に手が届く距離だ。しかし素手で捕獲する自信がない。抱きつけば振り払われ、脚を掴めば蹴り飛ばされ、どっちにしたって俺は屋根から転げ落ちる。

俺は振り返り、小さく首を振った。美鈴は窓から身を乗り出し、「庭に落として」と手振りで指示を出した。「私が下で受け止めるから」

そう都合よく事が運ぶだろうか。しかし、庭に戻った美鈴が「さあ」と両手を広げれば躊躇してはいられない。足音を忍ばせ、少しずつ距離を詰める。俺に気づいて孔雀は首をひねった。迷ってはいけない。俺は覚悟を決めて足を踏み出した。

指先が尾羽の端に触れる。とたん、孔雀は翼を広げて走り出した。慌てて羽根をつかんだものの、孔雀は振り切った。

屋根を蹴り、舞い上がる。あっという間に、孔雀は俺の手の届かない空にいた。

優雅さとはほど遠い飛翔だった。重い尾羽を揺らして懸命に羽ばたき、重力と闘いながらやっとこさ飛んでいる。それでも、俺は心を打たれた。緑色の羽根が夕陽を浴びて鈍く輝き、翼のはばたきは空中に光の粒子を散らした。

神々しい姿だった。神の鳥だ、と思った。

「戻ってきて」と美鈴の叫び声が聞こえた。孔雀は美鈴の願いを無視し、そのまま隣家の屋根を越え、電線を越え、商店街へと飛んでいった。

美鈴は玄関に駆け込んだ。孔雀を追って自宅から医院の中を走り抜け表通りに出ようというのだ。俺は医院の中を走れない。階段を駆け下りると庭を走り、裏門を抜けて裏通りから角を曲がり、商店街に出る迂回ルートを走らなければならなかった。

商店街で俺を待っていたのは意外な光景だった。

人だかり。停車しているタクシー。人だかりの隙間から路上に突っ伏した美鈴の姿が見えた。美鈴の赤いサンダルが片っぽ、車道の端に転がっていた。美鈴は孔雀を追って道路に飛び出し、タクシーにはねられたのだ。

孔雀は金物屋の親父が取り押さえていた。馬乗りになった親父の下で、身動きのとれない孔雀は困惑した顔つきだった。

それからの記憶はサイレント映画のように音声がない。八坂医院の玄関から美鈴の父親が飛び出してくる。担架に移されて美鈴が運ばれていく。血は？　血は見ていない。美鈴がどれだけの怪我をしたのか、生きているか死んでいるかもわからない。すべては、俺から遠いところで起きていた。

「そんなもの早く捨てな」

背後から母の声が聞こえ、我に返った。

自分の手が孔雀の羽根を握りしめていることに、俺は初めて気づいた。

美鈴の後を追って医院に入ろうとした俺を、母は止めた。「黙って家に帰るんだよ」

俺は急に怖くなり、羽根を握ったまま家へ走った。

美鈴の死を知ったのは翌朝だ。クラス担任の先生が泣きながら伝えた。俺は頭がまっ白になった。俺の人生で頭がまっ白になったのは二度しかない。一度目は美鈴の死で、二度目は原発の爆発だ。

その夜、母に問い詰められ、俺はありのままを白状した。現場検証をした警察が俺を尋問にこないのは、そして美鈴の家族が俺を問い詰めにこないのは、事故の真相を知っているのは俺と母の他にいないという、何よりの証拠だった。

母は冷静な声で俺を諭した。「このことは秘密にしておくんだよ。約束。一生、誰にも言わない」正座して向き合う母と俺との間に孔雀の羽根があった。母にとって大事なのは美鈴の死より、事故の原因を作ったのは息子だという事実だった。「いい、このことを知って八坂先生が怒り出したらどうなると思う？　八坂先生は町の名士だよ。町長さんだって議員さんだって先生のお世話になってる。この町には、八坂先生を命の恩人だと思ってる人が大勢いるんだよ。その先生が本気で怒ったらこの町にいられなくなる。うちみたいな小さな床屋がやっていけるのは、お得意様を大切にしてるからなんだ。もし八坂先生がうちの悪口を言いだしたら、そのお得意様が離れていっちゃうんだよ」

俺は泣き出した。母はつまり、俺が美鈴を殺したと言っているのだ。母は孔雀の羽根を持って部屋を出ていった。美鈴の死を悲しまない母を俺は恨んだ。俺と美鈴の関係をなかったことにしたい母を恨んだ。恨みながら、母の言いつけに従った。通夜の席でも、葬儀でも、俺は同級生のひとりであり、近所の友だちでしかなかった。美鈴の母親は俺を見ようともしなかった。

美鈴の死後、孔雀がどうなったのか知らない。処分されたのか、寿命が尽きるまで生きながらえたのか。俺は二度とあの庭には入れなかった。俺が握っていた孔雀の羽根も母に持ち去られてどうなったのか、二度と目にすることはなかった。

俺は母の忠告を守った。風邪をひいても足を捻挫しても八坂医院で診てもらったが、特に変化があったわけじゃない。誰も俺を責めなかったが、秘密を守っている自分が、俺は許せなかった。許せないからといって告白もできない自分を呪った。平穏に毎日を過ごしながら、心の底で母を恨み続けた。俺が床屋を継がないと決めたのも、高校卒業と同時にこの町を離れたのも、母への恨みを心のどこかで引きずっていたからだ。

俺はこの町が嫌いだった。自分を嫌うように故郷を嫌った。嫌うことで、美鈴の死と正面から向き合うことを避けてきたのだ。しかし、自分を嫌う人間にまともな人生が送れるわけがなかった。三年前、母の介護のためにこの町に戻ってからも、俺はあの裏門のある通りを避けて歩いた。意識的にも、無意識的にも。どうしても歩かなければならないときは努めて頭を空っぽにした。原発事故のために住民が町から消え、俺はやっと、裏門に向き合うことができたのだ。

翌日も俺は海辺に向かおうとした。踏切を渡ろうとしたとき、線路の延びていく先に柴犬のたたずむ姿を見かけた。ひとりきりだと命はやたら寂しい。死に向かう運命をひたすら生きているように見える。俺は予定を変えて家に引き返し、ドッグフードを持って踏切に戻った。柴犬の姿は消えていたが、俺は線路を歩き、犬がいたあたりの枕木にドッグフードを山盛りにして帰った。

ヘンリーに与える餌はなくなり、その日、俺は彼を訪ねなかった。不思議なものだ。飼い主でもないのに、一度でも餌を与えてしまうと次も与えなければ気が咎めてしまう。その夜は、夜空に鼻を尖らせているヘンリーの孤独を思い胸が苦しくなった。ヘンリーの孤独と俺の孤独が、夜空を通じて繋がっているような気がした。

翌日、裏門を越えて庭に入ると、池に鯉が浮いていた。腐った水をヘンリーが飲まずにすむよう、俺は水皿を鳥小屋に持ち込み、災害時用の井戸から汲んできた水をたっぷり注いだ。鳥小屋の中で悪臭を立てる糞を掃除し、鯉の死骸と一緒に庭の隅に埋めた。

ヘンリーに与えたドッグフードの残りは、散歩をしていて犬に出会えば気前よくわけてやった。その日から俺の散歩は変わった。ペットフードを懐に入れて歩いていると、町のあちこちから犬や猫がひょこひょこ顔を出した。動物愛に目覚めたわけじゃない。犬や猫を見ても特にかわいいとは思わない。気紛れの愛情で誰かを救えるなんて思い上がってもいない。ただ、動物に餌を与えていると、自分がこの世界に含まれているという実感が持てるのだ。俺はこの発見を怜子に教えたかったが、町を歩いてもショッピングセンターの中をうろついても、なかなか彼女にめぐり会えなかった。

「吉田君じゃねえか、何やってんだよ」

唐突に野太い声を耳にして振り返る。軽トラックの窓から居酒屋の常連客だった男が顔を突き出していた。彼は里山の集落で酪農をしていた。町が無人になったとはいえ、避難先から自宅の様子を見にきたり、必要なものを取りに戻ってくる人はいる。

郵便局の前にいた。俺の足下で、毛の長い小型犬がドッグフードを貪っていた。

「散歩だ。ついでに餌をばらまいてる」きまり悪さをごまかし無造作に答えた。

「暇だな」彼の声は悪意をふくんでいた。「動物愛護団体にでも入ったのが？」

「別に。ただの趣味だ」

ふんと彼は鼻で笑い、「牛小屋が空っぽだった」憤懣《ふんまん》を押し殺した声で言った。「牧場がどうなってんだが様子を見に戻ったんだ。そしたらどうだ、三十頭いた牛がみんないねえ。誰だか勝手に柵を開けて逃がしたんだ。たぶん愛護団体だ。片っ端から家畜を逃がして回る連中がいるって話は聞いてだがな。命が大事だどが言いくさって人の財産に手え出して、野良になった牛や豚がどんな悪さすんのが考えもしねえで何が愛護だ。じゃあ何か、俺は悪者か。俺だって平気で置いていったんじゃねえ。人に迷惑かげだくねえから泣く泣く置いでいったんだ。それを、人の気持ちも知らねで正義ぶりやがって。そういうやづがいぢばん嫌いだ」

「災難だったな」それしか言えなかった。

彼が失ったものの大きさに比べたら、俺が失ったものなんか微々たるものだ。

「原発にも腹立つしそういう連中にも腹立つ。どっち向いても腹立つ」

敵意を込めた眼差しを残して彼は去っていった。

「憎まれちまったな、おい」俺は小型犬のつぶらな瞳を見下ろした。「そんな顔すんな。正義でやってることじゃねえよ」

そのつもりはなくても誰かの敵に回ってしまうことがある。震災が起きてから人間関係はややこしくなった。彼が受けた傷の深さを思えば俺だってつらい。しかし本当につらいのは、俺は彼の傷に共感さえできないってことだ。

置き去りの動物たちに餌をやり始めて四日後、小学校の校庭で草むらに埋もれて丸まっている子猫を見つけた。首根っこをつまんで拾い上げたが、ぼろ布のようにぐったりとして目も開かない。死にそうな猫だけは保護するという三村怜子の言葉を思い出し、その場で彼女に電話をした。怜子の電話番号を携帯に登録しておいたのだ。怜子は驚いたような声で、「すぐに向かいます」と返事した。彼女はまだとなり町にいた。自宅で会う約束をし、場所を教えようとすると、「吉田理容店ですね、わかります」と怜子は答えた。考えてみれば怜子を頼るまでもなく、となり町のボランティア・センターに行けば動物愛護団体くらい紹介してくれるはずだ。俺はつまり、子猫の保護にかこつけて怜子に会いたかった。それだけの話だ。

ぐったりとした子猫を抱え、自宅の縁側に座り怜子を待っていると、赤いニッサンマーチが家の前に停まった。路上に車を置いておそるおそる庭を覗く怜子に、俺は黙って頭を下げた。

三十年前に美鈴が座った縁側に、いまは怜子が腰かける。子猫の口を指でこじ開け、人肌に温めたミルクをスポイトで与えている。やがて子猫の目が開き、不思議なものを見るように怜子を見上げた。

「生きられますかね、この猫?」と話しかける。

「栄養失調だと思います。しばらく様子を見て、病気のようならお医者さんに診てもらいますし、元気が出てきたらシェルターに預かってもらいます」しっとりした声で言って、「水仙が咲いていますね」と花壇に目を向けた。

「手入れなんかしてなくても、春になると勝手に芽を出して咲き始める」

雑然と咲く水仙の花は冷気を放っているように見える。

「季節は律儀ですね。人のいない家の庭に花が咲いているのを見たりすると、強いなあって思う反面、なんだか痛ましくなる」それから、怜子は首をねじってガラス越しに家の中をうかがい、「もしご迷惑でなければお母様に挨拶をしたいんですけど」と言った。

「いいけど、たぶん眠ってるぜ」俺は怜子を勝手口に案内した。

家の中は畳の目に埃が詰まりざらざらしている。俺は怜子にスリッパを勧めた。

「家の中も放射線量がけっこう高い。風を入れると放射能の塵もいっしょに吹き込む。なのに停電してて掃除機が使えねえ。おまけに俺は不精者ときてる」

「線量計をお持ちなんですか？」

「大学の先生がボランティアで調べてくれた。毎時〇・一八マイクロシーベルト。心配はいらないけど安心はできない、だって。どっちなんだよ一体」

相変わらず母は眠りの中に沈み込んでいる。

「初めまして。三村怜子と申します」怜子は母の寝顔に向けて自己紹介した。「迷い猫のレスキューをしています。今日は陽平さんが子猫を拾って、それで呼ばれてきました」

「眠ってばかりだ」と俺は言った。「眠れる森のお袋」

怜子は子猫を抱いたまま枕元の椅子に腰かけ、母の寝顔をのぞき込んだ。

「震災前はテレビを見せてりゃ頭の刺激になった。いまはもう、眠るより他にすることがないんだ。やっぱり夢は見るのかな。どんな夢なんだか」

怜子の手から子猫を受け取る。いくらか元気になった子猫は俺の腕の中でもぞもぞ動いた。台所に入ってみたが、怜子に出せるような茶菓子はない。茶菓子どころかお茶すらない。圧力鍋の底にタオルを敷き、子猫を寝かせ、両手で持ちながら戻る。怜子は母の手を握っていた。蒲団の上に出した母の手を、怜子は両手で包み込むようにしていた。

母の目尻に涙が滲んでいた。喜怒哀楽の感情はすっかり抜け落ちたと思っていたが、母の中の生きている部分が、怜子の存在に感応しているのだ。俺は、俺が手を握られているように、怜子の手の温もりを感じた。なんだか、ひどく懐かしい感覚だった。

茶の間に移り、怜子は圧力鍋をのぞき込んで「あら、かわいい」と微笑んだ。

「猫鍋」と俺は冗談を飛ばした。鍋の底から子猫が細い声をあげた。

お茶菓子を探す必要はなかった。怜子がペットボトルの紅茶とクッキーを差し入れてくれたのだ。それらを座卓に並べただけで、茶の間はほんの少し以前の日常を取り戻した。

「さっきは、お袋と何を?」

怜子は感触の余韻を確かめるように、手のひらを広げて眺めていた。

「いいえ、何も。心の中で話しかけただけで。何もできなくてごめんなさいって。それだけです」

「手を握られただけでも、お袋には最高の贈り物だ。以前はホームヘルパーとかが親切にしてくれたけど、いまは全然だからな。それにしても、お袋がまさか涙を流すなんて。本能で生きているだけだと思ってた。最後の最後に、いい思い出をひとつ増やしてやれたかも。走馬灯の最後を飾る思い出がいい思い出なら、終わりよければすべてよしってことになんねえかな」

「お役に立てたらうれしい。私の母は孤独死だったんです。知らない間に死んでいて。薄情な家族でしょう」怜子は目を伏せ、自虐的な笑みを浮かべた。「あの世に行って、地上はいいところだったなって思い出せないなら何のために生きたかわからない。人も動物も同じです。動物だって、幸福に死んでいく権利はあるでしょう」

「だから、ペット・レスキューを始めた？」

怜子は首を横に振った。

「中学生のときに私、同級生から子猫をもらったんです。でも私の家はペットを買うような環境じゃなくて。年がら年じゅう家族がいがみ合って、いつか犯罪が起きるんじゃないかとびくびくしていたくらい。そういう家だから、その日のうちに兄が子猫を山の中に捨てちゃったんです。私は怒って、兄に捨て場所を聞いて探しに行きました。林間学校で使った寝袋とリュックを背負って。家族は笑ってましたね。腹が空けば帰ってくるだろうって軽く見ていたんです。でも私は、子猫を見つけるまでは家に帰らない覚悟だったから。夜は山の中で寝ました。落ち葉の上に寝袋を敷いて。真っ暗闇で、けものの足音がそこらでして、星明かりだけが心の救いで。すごく怖かったけど、でもそうして星空を見上げていると、何かわかったような気がしたんです。うまく言葉にできないけど、感じたんです。何て言うのかな、この世界に自分が生きている意味？　のようなもの。でも駄目ですね。言葉にするとつまらないですね。あの感覚はいまも私の中心にあります。でも、大人になるとだんだんあの感覚が薄れていくような気がして。だから被災地に入ればあの感覚が甦るかなって、それでレスキューを始めたんです」

「捨てられた子猫は？」

「山狩りにあったんです、山に入って三日目に。大人たちに取り囲まれて引っ立てられて。だから見つけられませんでした。家に帰ってこっぴどく叱られました。うちはいま空き家です。両親は離婚して兄は家を出ちゃって、住む人がいなくなったんです。埼玉じゃなくて千葉の田舎町です。いまでもときどき夢に見ます。酷い思い出ばかりだけど、思い出すとやっぱり懐かしい。空き家って、人がいなくなっても思い出を封じ込めておく箱みたいな気がしませんか。実を言うと私、この町が好きなんです。人影が消えて空き家ばかりになった町が、しんと静かで、とても落ち着く。こんな言い方、地元の方には失礼ですよね」

「そんなことねえよ」と俺は言った。「俺も同じだ」

　訥々と話す怜子の存在が深みを増していく。彼女の奥に潜む、夜の森を渡る風の音や落ち葉の鳴る音が聞こえてきそうで、たまらなく切なくなり、子猫を入れた圧力鍋をはさみながら、怜子と肌を触れ合っているような愛しさが湧き起こった。

「『ねこのはこぶね』は、最初は猫好きの主婦が集まったサークルだったんです。私は離婚して飼い猫とも別れたけど、寂しいからおつき合いを続けていただけの、言わばみそっかすです。それに私、仕事が水商売だから微妙に距離を置かれてる。別れた夫の命令で始めた仕事なのになかなか辞められない。駄目ですね、私。電話一本入れればお休みのとれる職場だから気楽なんですけど。私たち、そろそろ埼玉に帰ります。活動資金が底をついたから。『はこぶね』は寄付金で活動してるんです。でも、寄付金がなくなったら次の寄付金が集まるまで活動中止なんて哀しくないですか。私は自腹を切ってでも活動を続けたい。でも、そういう自己犠牲の精神は長続きしないって反対されて、落ち込んでいるときに吉田さんから電話があったんです。うれしかった。私を覚えていてくれたんだって。ごめんなさい、私ばかり話して」

俺は、自分の秘密を洗いざらい白状してしまいたい誘惑にかられた。なのに、怜子から「転校生だったお友だちとはお会いできたんですか？」と訊かれると、嘘が口をついて出てしまった。

「いや。京都で医者と結婚して裕福に暮らしてるって話だ。京都は遠いよ」

それはある意味、彼女が生きていたら辿っていた人生かもしれないのだ。

「置き去りの犬は、いまもそのまま？」

「誰も引き取りにこねえ。仕方ねえから俺が餌をあげてる。死んだものとあきらめてんのかな、医者のくせに薄情だ」

「お医者さんはどこへ行っても忙しいんですよ。避難中だからって休んではいられないんでしょう。でも不思議なご縁ですね、その犬のおかげで私はここにいるんだから。いつかお目にかかることがあったらお礼を言わなくちゃ」

怜子が用意してきたバスケットに子猫を移し、外に出る。無人の町に白っぽく夕陽が差していた。バスケットを助手席に置き、運転席に乗り込もうとする怜子を、俺は黙って抱き寄せた。怜子は抵抗しなかった。

「近いうちに戻ります」怜子の声に耳たぶが湿る。

怜子の髪の匂いを吸い込みながら目を上げると、薄紅に染まる雲を背負い、電柱の先端に止まった孔雀が精悍な目で地上を見下ろし、いまにも舞い降りようと翼をふくらませていた。

*

母が死んだ。震災からひと月がたとうとしていた。

二、三日前から母は眠ったきりになり、驚くほど肌は冷たく、呼吸も浅くなり、いよいよかと俺はつきっきりになった。呼吸してねえ、死んだかと思うと痰を喉に詰まらせて咳き込み、俺は慌てて母の口をこじ開け綿棒で痰を取り除いてやる。その繰り返しだった。

なのに、朝になって目を覚ましてみたら、いつの間にか母は死んでいた。同じ部屋にいながら気づいてやれなかった。俺の知らぬ間に母は逝った。胸騒ぎひとつ感じなかった。虚脱感に襲われ、蒲団に顔を埋めたまま、しばらくは放心していた。やがて顔を上げ、終わったんだと呟いた。もうこの町にとどまる理由はない。俺は自由なんだ。

母を抱き上げ、埃をかぶった車椅子に座らせ、シートからずり落ちないよう脇の下に紐をとおして背もたれに縛りつけ、その上からショールで覆った。ニット帽を被らせ、首にマフラーを巻き、しっかり防寒対策をしているように見せかけて外に出た。

震災が起きてから、母を外に連れ出さずにいた。死んでからでは遅いだろうが、せめて荼毘《だび》に付す前に、外の景色を見せてあげたい。

街は朝焼けに染まり、神々しくさえあった。駅舎の向こうに、海から上がったばかりの太陽があり、湧き上がる雲が金色の光に照らされ燃えさかっている。振り返れば山並みがやけに鮮やかで、薄桃色に染まった雲が空にぽっかり浮いている。朝陽を正面から浴びた母は幸福そうに見えた。深くうなだれ、目を閉じてはいても、愁いや苦しみのすっかり抜け落ちた顔をしていた。

車椅子を押して歩く。母が見ることのなかった震災後の街並みを歩く。傷ついた家があり、平然とした家がある。車椅子のタイヤがガラス片を踏みしだく、シャリシャリという音がする。和菓子屋があり、肉屋があり、電器店があり、時計店があり、音楽教室があり、キリスト教会がある。教会の案内板に、「私は世の終わりまで、いつもあなたがたと共にいる」と聖書の言葉が掲げられている。その裏には俺がかよっていた附属幼稚園がある。日曜日には礼拝があり、牧師先生の話を聞き聖書の絵カードをもらって家に帰った。クリスマスに教会で人形劇の催しがあり、俺は母と観に行った。人形が生きているみたいで怖かった。下に人が隠れていて棒で操っているのだと母が教えてくれた。

火事が見たくて消防車を追いかけていった道。学校帰りに十円コロッケを買い食いした肉屋。糸の切れた凧《たこ》が絡まっていた電線。凧は強風に煽られて糸をピンと張り、唸り声を上げながらくるくる旋回していた。凧に描かれたキン肉マンが電気を帯びて怒り狂っていた。

となり町にサーカス団がやってきたとき、宣伝のトラックはこの町も行進し、賑やかなマーチを鳴らしてお祭り気分を撒き散らした。きらびやかな女たち、奇怪なピエロ、ボクシングのグローブをはめたカンガルー。わけても俺たちの度肝を抜いたのは象だ。象はトラックの上で巨大な頭を左右に揺すり、鎖につながれた脚でステップを踏んだ。俺は浮かれてトラックの後をついて歩いた。象は後ろ向きに乗っていたから、俺は心ゆくまで象の巨大な鼻を堪能した。驚いたのは、母も父もカットクロスを巻いたままの客と並んで店の前に立ち、目を輝かせてパレードを見物していたことだ。

「サーカス見に行きてえって俺は言えねがった」車椅子の母に話しかける。「だげんちょ、親父もお袋も象を見て子どもみてえに目を輝かしてただろ。なんか、俺もそれで満足しちまった。象を見たんだがら、まあいいかって気になったんだ」

どこを歩いても何かを思い出す。何を見ても誰かを思い出す。記憶は俺の頭にあるのではなく、道端に、街角に転がっている。記憶が勝手に俺の頭に飛び込んでくる。人が町を記憶するように、町が人を記憶している。俺は町の一部なんだと思う。同じように、町は俺の一部でもあるのだ。駅前まできて方向転換し、車道の中央に車椅子を置き、正面から商店街の街並みに母を向き合わせる。

母が死んだらこの町から逃げ出せると思い、心のどこかで母の死を待ち望んでいた。なのに、いざ母が死んでしまうと、この町が愛おしくなっている。これはどういう心の変化だろう。俺の中の一部が、町に離れがたさを感じているのだ。

この景色を胸に刻んでおこう。町のために俺がしてやれることはないが、忘れないでいることはできる。人に忘れられて、初めて町は廃墟になるのだ。この町を守りたいと、初めてそう思った。

新潟県警のパトカーが俺の横に止まった。この町で見かける警察官はたいてい他県の応援部隊だ。警察官に職務質問をされ、「お袋を散歩させている」と答えた。嘘じゃない。死んだ母でも母は母、散歩は散歩だ。警察官は母を見下ろした。ショールがほどけて母を縛りつけている紐の一端が覗いていた。彼の目はその一端に注がれている。

「ごくろうさまです」警察官は軽く敬礼した。「近いうちにこの地区は立ち入り規制が強化されます。お早めのご避難をお願いします」

「うるせえ」俺は小声で返事した。「てめえに言われたかねえや」

「違反者には罰金が科せられることになります」警察官は感情を殺した声でつけ加えた。「本当の立入禁止区域になるんです」

　五年前には父の葬儀で喪主を務めたから、最低限すべきことは心得ている。

　となり町の病院に電話をかけてことの経緯を説明し、死亡診断書を書いてほしいと依頼する。二時間後に若い医師がやってきて淡々と母の身体に触れ、俺にいくつかの質問をしては診断書を書き上げていった。まるで品質検査の結果表を作成するみたいに。特に何かを疑うわけではない。医者から見れば俺のようなケースは珍しくないのだろう。

　昼過ぎには病院から紹介された葬儀屋がやってきた。告別式も葬儀も省略して火葬だけにしたいと希望を告げると、葬儀屋はほっとしたような顔になった。「震災からしばらくは火葬場も順番待ちで、遺族のみなさまにご迷惑をおかけしてきました」と、火葬の日取りを決めるのは難しいようなことを言って帰って行ったが、一時間もしないうちに葬儀屋から電話があり、「二日後で大丈夫です」と知らせてくれた。

　自分だけで母を弔うつもりでいた。親戚へは火葬を終えてから連絡すればいい。義理を欠いたと怒る人もいないだろうし、いたとしたってかまうものか。

　葬儀屋が簡素な祭壇をしつらえ家の中は忌中の家らしくなった。清潔な浴衣に着替えた母が、白い布を顔にかけられ、北向きに寝かされた。死体として扱われることで、母はいっそう死体らしくなった。

夕暮れ時に、八坂医院の裏門を越え、ヘンリーを鳥小屋から連れ出した。崩れかけた洋館の裏で脚立を見つけ、ヘンリーを抱いて煉瓦の門柱に上る。ヘンリーは暴れ、俺の胸を蹴って道路に飛び下りた。俺はバランスを崩して危うく門柱から転げ落ちるところだった。ヘンリーを連れて道を歩く。ヘンリーにとっては一ヵ月ぶりの外の世界だ。興奮して鼻息荒く、強い力で俺を引いた。電柱の匂いを嗅ぎ、小便をし、マーキングに余念がない。

俺は引っ張られながら携帯電話を取り出し、三村怜子に電話をかけた。彼女は埼玉県の自宅に戻っていた。

「犬を連れ出した」と俺は言った。「例の、医者が飼っていた犬。そう、俺が餌をあげていた。保護してくれる団体を紹介してくれますか？　俺、もうじきこの町を出るから」

「町を出るって、避難されるんですか？」慎重な声で怜子は尋ねる。

「お袋が死んだ、ゆうべ」

短い沈黙があり、「そうでしたか、ご愁傷さまです」と怜子は静かな声で言った。「眠るように息を引き取られたんでしょうね。いま、おひとりですか？　つらくはありませんか？」

「つらいのが半分。でも正直、残りの半分はほっとしてる」

「お母様のお葬式は、いつ？」

「葬式はしない。ほとんどの親戚は避難中なんだ。居場所がわからない人も多い。だから事後連絡で許してもらう。俺ひとりで火葬にして、骨を拾ったらお終いにする」

「寂しいですね」

「しょうがねえや。坊さんも避難してお寺だってもぬけのからだ」

「お骨上げはひとりじゃできません。私でよければお手伝いにうかがいます」

「いいよ、わざわざ。犬のレスキューを手配してくれたらいい。後はこっちでなんとかする」俺は電話を切った。母の死にかこつけて彼女に甘えたくはなかった。

俺は最後まで母の面倒を見たし、おまけに黒犬を一匹救ってやった。それでいいじゃないか。その誇りが、ささやかではあるけれど俺の財産だ。

ヘンリーを家に上げ、店に入れた。しばらくは落ち着かず匂いを嗅ぎまわっていたが、毛布を敷いてやるとそこが自分の場所だと悟り、腹這いになった。前脚を重ねて顎を置き、上目遣いになって俺を見る。どんな未来が待っているにせよ、そう悲惨なものではないと確信したらしい。ドッグフードの買い置きはないから、サバの缶詰を開けて母のお粥と合わせて掻き混ぜ、ヘンリーに与えた。俺はカセットコンロでお湯を沸かし、カップ麺をすすった。静まり返った家の中に、ヘンリーと俺の食い物をあさる音だけがあさましく響いた。

夜になり、ランタンの光を頼りに遺品を整理していて、母のノートを発見した。毎日毎日、客と交わした会話の内容や、注文された髪型を書きとめた日誌だ。政治談義や芸能界の噂や、プロ野球の勝敗、町長選の行方、町内会の揉め事、見合いの結末、孫の入学、牛の出産、米の出来高などが細かい鉛筆の字でびっしりと書き連ねてある。客のひとりひとりをこうして把握し、客と話を合わせ、散髪の時間を楽しんでもらうのだ。床屋のわりには社交下手だった母の、母なりの工夫と努力が、人知れず何十冊という大学ノートになって保存されていた。走り書きの筆跡にも母の血が流れ、細かな書き間違いにも母の息づかいがあった。話のひとつひとつは他愛ない、断片的なものだが、何十年も蓄積されればこれも小さな歴史だ。この店に集まり、いっとき椅子を温めて消えていった人々の記憶を供養するように、ノートは仏壇の下の引き出しに隠してあった。

不意に心臓が鳴り出し、一九八一年四月の記載があるノートを探した。四月の後半、たった一度美鈴が来店した日。それはあった。美鈴と交わした会話の記述だけは他と違い、日記のように個人的な思いを書き綴っていた。

「八坂医院のお嬢さんが来店。陽平の同級生で名前は美鈴。きちんと自己紹介した。浅丘めぐみのようなロングヘア。繊細で柔らかな髪質。どうして美容院でなくうちへ？　先月東京から引っ越してきて、転校して半月でインフルエンザ。一週間寝込んでいた。陽平がプリントを届けにご自宅へお邪魔したという。そんな話は聞いていない。初耳！　心細くていたら庭から陽平の声が聞こえて元気が湧いたという。そのお礼も兼ねてうちにきたという。かわいい子。それに物知り。中世ヨーロッパでは理容師が医者を兼ねていたと豆知識。ハサミやカミソリなど同じ道具を使うから。サインポールの赤は血で、白は包帯を意味しているらしい。じゃあ青は？　青はわからない。病院と床屋は親戚みたいなものですねって、口がお上手。この子が陽平のお嫁さんになったらと想像した。まさか。馬鹿みたい。家柄が違う。でも、陽平のことを気に入っているみたい。

お誕生会に陽平を招待していいですかって。お嬢さんの誕生日は十月七日。でもこのことはまだ陽平にはナイショ」

鉛筆の筆跡にも母の躍り上がるような心が溢れていた。俺は母の寝姿を振り返った。俺が美鈴と結婚するって？　ありえねえ話だ。どういう妄想だよ。

心を震わせながら八月十二日の日付を探した。それは次のノートに移っていた。ノートを見つけて持ち上げたとき、ノートにはさんでいた和紙の袋が膝の上に落ちた。中に入っていたのは孔雀の羽根だった。黒い目玉のような模様がある羽根の先端部分。俺が家に持ち帰り、母に奪い取られたものの一部分だ。処分されたものと思い込んでいたが、母は大切に保管していた。しかも仏壇の下の引き出しに。

八月十二日に、美鈴の事故に関する記述はなかった。いや、いったんは書いたものの思い直して消したのだ。一ページいっぱいに鉛筆で書いた文字が消され、まるで事故など起こらなかったように、ごく平凡な客とのやり取りが上書きされている。「イギリスの皇太子とダイアナが結婚して、ダイアナの髪型が話題に。日本でも流行りそうだと佐藤さんは話す。でもうちは関係ない」。その下で、消しゴムで消された文字は読めない。しかし、どういう気持ちで母が消したのかは痛いほど伝わってきた。

母も悲しんだのだ。美鈴を愛おしみ、彼女の誕生日を心待ちにしていたのだ。しかし俺とこの店を守るために感情を押し殺し、俺の前では涙ひとつ見せなかったのだ。俺は母の薄情さをずいぶん恨んだ。恨みながらこの町を出ていったのだ。

しかし母も苦しんでいた。美鈴の死を忘れようとしなかった。孔雀の羽根を仏壇の下に隠して、誰にも言わないまま美鈴を供養していたに違いない。

母の遺体に向かい、顔にかけた白布を取り、合掌の形に固く縛った母の手に孔雀の羽根を差し込むと、感情の波が不意に胸を衝き上げ、どうしようもなく俺は号泣した。泣き声に呼応するように余震が始まり、家が揺さぶられ、祭壇がガタガタ鳴った。巨大な孔雀が黒々とした翼で町を覆っていた。母ちゃんごめん、母ちゃんごめんと、子どものように俺は泣き続けた。


その夜は眠らずに、線香の火を絶やさぬよう祭壇の前に座り続けた。俺の生涯でいちばん長い夜になった。夜が明けてから酒を飲み、泥のように眠った。

携帯電話が鳴ったのは昼近くなってからだ。

俺は店にいて、ヘンリーに飯を与えていた。携帯電話の音にヘンリーがびくんと首を上げた。怜子からだった。

「あの、やっぱり私、そちらに伺います。ご親戚も呼ばないのにずうずうしいと思うかもしれませんけど、一度きりとはいえお会いした以上は他人と思えません。お骨上げはひとりじゃできませんよ。ふたりひと組みで骨を拾うのがしきたりです。私でよければお手伝いさせてください」

しばらく考えてから、俺は答えた。

「火葬は明日、午後二時からです。一時間前にうちにきてもらえますか？」

「わかりました。レスキュー隊にはこれから連絡しますけど、引き取りは明日、ご自宅でよろしいでしょうか？」

「いや、火葬場にしよう。火葬場まで連れていって、駐車場で引き渡す。いちおうここは避難地区だし。なるべくなら外のほうがいいだろ」

火葬場の名称と住所を伝えて電話を切った。ひとりじゃないと考えただけで心は安らいだ。俺はひとりじゃない。ほとんど忘れかけていた感覚だった。

その日は家の片づけと身なりを整えることに一日を費やした。

ヘンリーを連れて近所の災害時用井戸に行き、まずヘンリーの全身をシャンプーで洗い、次に自分が裸になり、頭の先から足の裏まで丹念に洗った。裸体を寒風にさらしながら髭を剃り、歯を磨き、耳垢をほじり、鼻毛も抜く。全身くまなく汚れを落とすと、俺はまるで無防備で、たったいまこの世に生まれ落ちた人間のように思えた。

家に帰り、庭に穴を掘ってゴミというゴミを捨てる。家庭ゴミに加え、母の臭いが染みついたシーツや浴衣や下着やなんかもまとめて放り込み、土をかぶせて埋めてしまえば、黒土の新鮮な土饅頭ができあがった。

家の中を片づけると、もう夕方だ。こんなに働いたのは久しぶりだ。くたびれ果てて母の隣に横たわり添い寝していると、不思議な幸福感に満たされた。母が生きている間は平気で出歩いていたのに、死んでしまうと逆に離れがたくなり、買い物にも行けないというのはどうしたことだ。残っている食べ物はヘンリーに片づけてもらい、自分は食欲もなく線香のけむりを吸って腹を満たしていた。

翌日、二階に上がって洋服ダンスから礼服を引っ張り出し、黒いネクタイを首に巻く。微妙に床が傾いた部屋に立っていると平衡感覚がおかしくなってくる。やっぱり長くいるところじゃない。ヘンリーを庭に放し遊ばせていると、赤いニッサンマーチが家の前に止まった。グレイのワンピースを着た怜子は大人びて見えた。「すいません。早く着きすぎてしまいました」と神妙にこうべを垂れる。ヘンリーが人懐っこく尻尾を振った。

「こんにちわ。賢そうなワンちゃんですね」怜子はしゃがみ、ヘンリーの首を抱いた。

「ヘンリーというんだ」と俺は言った。「八坂ヘンリー」

焼香をすませた怜子に、母の死に顔を見せる。手にはさんだ孔雀の羽根を怜子は指差し、「これは？」と尋ねた。俺は、八坂医院の庭で孔雀と初めて出会った日にさかのぼり、昨夜これを発見するまでを話して聞かせた。

「孔雀は原発に似てる」と俺は言った。

「それは、どういう意味？」

「きれいな羽根を持った孔雀はオスだけだって、知ってた？　高校の授業で教わったんだけど、オスは派手な羽根で自分を飾ってメスの気を惹くんだ。メスは立派な羽根の持ち主の遺伝子を欲しがるから、どうしたって孔雀は派手に派手に進化していく。生物の先生は人間のオスも似たようなもんだって言ったんだけど、そのとおりだな。羽根が立派になればそれでいいかっていうと、苦労も増える。目立てば敵に狙われやすいし、身体が重くなって餌は採りづらい。空を飛ぶのもしんどい。リスクが大きいんだ。人間のオスがメスとドライブをしたくて無理に高級車を買って、借金の払いにピイピイ泣いてるようなもんだって、先生は笑ったけどな。リスクを背負ってでも子孫を増やしたい。矛盾がふくらんでも進化を止められない。それが孔雀なんだって。原発も同じだ。技術の進歩とか言いながら危険を承知で進化していって、経済発展のためとか言ってリスクを高めていったあげく、ドカンだ。なんかさ、孔雀に餌をあげてた俺って何だろうって思う。止めたいと思いながら止められなかった。原発を動かしてた連中も同じ気持ちだったんじゃないかな。事故が起きたら真相隠しってとこまで同じだ。俺だって自分を守るのに必死だったし。孔雀と原発を同じにすんなって思うだろ。まったくそのとおりだ。でもさ、これはあくまで俺の気持ちの問題なんだ。原発事故は俺の中じゃ小六の夏に一回起きてるんだ。歴史は繰り返すんだよ。孔雀は神様の鳥だって信じた子が孔雀を追いかけて死んで、原子力は未来のエネルギーだと信じ込まされた俺たちが、原子力のおかげで未来を失って」

「自分を責めるものじゃありません」

怜子は手を伸ばし、孔雀の羽根の先を指で撫でた。「間違った未来なら失ったほうがいいと思いませんか？　誰かの思惑どおりの未来なんて、うまくいくわけがないんだから。私、吉田さんのお話を聞いていて不思議だなって思ったんです。孔雀が原発なら、鳥小屋で飼われていたヘンリーって何なのだろう。そもそも、どうして美鈴さんの家族は、哀しい思い出のある鳥小屋を取り壊さなかったんだろうって」

俺はサッシを開けて、庭にいるヘンリーを呼んだ。

「ヘンリー。お前は何者なんだって質問にどう答える？　どうして鳥小屋に飼われてるんだろうって疑問を抱かなかったか？」

「どんな命でも救おうとするのは、未来を信じてるからじゃないですか。それに、未来を信じなければ死者を弔う意味もなくなります」それから、「ごめんなさい。自分の母親も満足に弔えなかった私が、えらそうに」と目を伏せた。

「そんなことはねえよ。そうだよな。ヘンリーのおかげかもな」

俺は孔雀の羽根を母の手から抜き取り、襟の合わせ目に差し込んだ。

午後になると葬儀屋といっしょに納棺師がやってきた。女性の納棺師だ。うやうやしい手つきで母に死化粧をほどこし、三角の布を額に当てる。足に白足袋とわらじをはかせ、旅装束を整える。葬儀屋も納棺師も、怜子を内縁の妻くらいに考えているようだが、あえて訂正もしなかった。

「原発の近くでは」仕事を終えてひと息つき、彼女は世間話のように語った。「遺体も被曝してますからホースで水をかけて洗浄するそうです。むごい話じゃありませんか。それでも焼いてもらえるならまだましです。中には線量計が振り切れるほどの遺体もあって、焼くことも埋めることもできずそのままになっているって、噂ですけど。まったくねえ、これからどうするんでしょう。遺体をコンクリート詰めにするんだとかいう話も聞きますけど、そんなものをご遺族にお渡しできますか。遺体を廃棄物みたいに扱うなんて許せない。世の終わりのような気がします」

庭でヘンリーが吠えた。庭先を横切った犬がいたらしい。

葬儀屋の手を借り、母を棺に納める。俺と怜子の手で、祭壇の生花をちぎり母のまわりを彩っていく。いっしょに納めたいものはないかと納棺師に訊かれ、母が使っていた仕事用のカミソリを差し出した。「金属は無理なんです」と断られ、「じゃあないです」と、そのままカミソリを内ポケットに入れた。

怜子の車で霊柩車の後ろを追った。ハンドルは怜子が握り、その横に俺がいて、後ろの席ではヘンリーが窓から鼻面を突き出し心地よく風を受けている。

車は常磐線をまたぐ陸橋を上っていく。上りつめると眼下に赤茶けた風景が広がり、彼方に水平線の青が横たわる。交差点の一角では、押し流されてきた車が何台もガソリンスタンドの柵に塞き止められ、折り重なって積み上がっている。田んぼの真ん中で傾いている自動販売機。なぜそこにあるのかわからない裸のマネキン。それらを眺めながら交差点にいたり、北へとハンドルを切り国道を走る。検問を抜け、しばらく走り続けていると海側の田んぼに漁船がごろごろと転がる風景が現れる。

「お袋にとってひとつだけ幸福だったのは、こうした風景を見ずにすんだってことだ。もしも霊ってもんが存在してて、車の上をふわふわついてきてるとしたら、いまごろこの風景にびっくりしてんじゃねえかな」

「お母様はきっと、孔雀の羽根を抱いてほっとしてますよ。やっと息子さんにわかってもらえたって」

霊柩車は国道をそれて山あいに入っていく。一見、穏やかな風景だが、植えつけを禁じられた田んぼにはうっすらと雑草が伸び始めている。

火葬場の駐車場に入り、車を止める。車中に置いてけぼりになると知ったヘンリーが恨めしげに鳴いた。

火葬場のホールは広く冷たい。遺族の黒い行列が行き交い、棺は次々と運ばれ、次々に焼かれていく。母の棺について歩くのはたったふたりだ。

炉扉の前には坊さんが待機している。棺を台車の上に据える。坊さんの読経の声が響く中、小窓が開かれ母と最後の別れをする。金属の炉扉が重く開く。炉の中は暗く、そのまま黄泉の国へと通じていそうだ。俺はまだ、母の体が焼かれることを信じられずにいる。俺が長いこと世話をしてきた体だ。母の体は俺の体でもあるのだ。台車がレールの上をすべり、棺を炉の中に送り込む。母は孔雀の羽根を抱いたままだ。美鈴の思い出も抱いて母は焼かれていく。扉が閉じられ点火スイッチが押される。バーナーが火を吹く重々しい音が響く。俺は自分の体が焼かれる思いがする。

火葬場の職員が俺たちを控え室に案内する。白い部屋にふたり分の弁当と飲み物が用意されている。職員は「一時間ほどで終わると思います」と告げる。

黙々と弁当をつつく。俺はビールを飲み、怜子は烏龍茶を飲む。

「ヘンリーが腹を空かせてる」俺はティッシュを広げ、犬の好みそうな唐揚げや魚のフライを箸でつまんで移していく。「朝から何も食べてねえ」

「じゃあ私も」怜子も、自分の弁当から同じものを移していく。

駐車場に出て、車の中で屈託していたヘンリーを外に出し、食べ物を差し出す。怜子は携帯電話を取り出し犬専のレスキュー隊に連絡した。

「一時間後にきて下さるそうです」怜子は携帯電話をたたんだ。「お骨上げが終わったら、ここでヘンリーを預けましょう」

俺は黙ってうなずいた。

怜子がトイレに行っている間、俺はヘンリーを連れて駐車場の隅から隅へと歩いた。荒廃のきざしを見せる里山を木立越しに見下ろしながら、スーツの内ポケットに忍ばせていたカミソリを取り出し刃を開く。刃を左耳の下に当ててひたひたと叩き、冷たい感触を味わう。皮膚に押し当て、刃の下に頸動脈の律動を感じる。死なんて簡単だ。このまま刃を手前に引けば、頸動脈から血が噴き出る。それで終わりだ。

「吉田さん」

不意に名前を呼ばれ、刃を閉じた。カミソリを内ポケットに隠し、何食わぬ顔で振り向くと、怜子が立っている。すぐ後ろにいながら、何も見なかったような素振りで。

「梅が咲いている」と俺はごまかす。「やっと春らしくなるな」

「黄色いのはロウバイですね。そっちのピンク色はボケの花」怜子は俺と肩を並べる。

それからふたりで、ヘンリーを連れて駐車場の縁をめぐった。

「家を出て、それからどうなさるんですか?」と怜子が尋ねる。

「たぶん東京だな。東京は知らない土地じゃねえし、いくら不況だからって、俺が割り込むくらいの余地はあるだろ。まずは生活を立て直して、それからだ」

「それから?」

「それからのことは、それから考える」

駐車場を一周すると、職員が俺たちを捜して呼び止めた。焼骨がすんだという。予定より十五分も早い。俺たちは火葬場に引き返す。

「奥さん」と、職員が勘違いして怜子をそう呼ぶ。「申し訳ありませんが、ペットの同伴はご遠慮させていただいております」

おまけに、ヘンリーはペットですらない。

炉から出されたばかりの骨は余熱を持ち、屈み込むと顔が火照った。遺骨というより燃えがらだ。故人の面影も何もかもすっかり焼き尽くして、ステンレスの台には残骸だけが残されている。

「ふたりひと組で骨を箸でひろうのは、この世からあの世への橋渡しのため、つまり箸で渡すという意味があります」と、職員が骨上げの作法を説明する。なるほど、ひとりで骨上げはできないというのはこういう意味か。しかし別の意味もないだろうか。つまり、母の骨が俺と怜子の橋渡しをしてくれているると。

怜子とふたりで骨をひろったのは最初の数回だけ。後は職員が手早くひろいあげ、最後に箒でかき集めた灰を骨壺に納めれば、あっという間に骨上げは終わった。仕方がないのだろうが、たっぷりと時間をかけていた父の骨上げとくらべたら「処理」と言ったほうが近かった。

骨箱を抱いて外に出れば、怜子の車の隣にレスキュー隊のワゴン車が止まり、俺たちを待っていた。

怜子と彼らは顔見知りらしい。家族でもないのに肩を並べて火葬場から出てくる俺と怜子を訝しげに見比べている。

書類に必要事項を記入し、サインする。怜子はしゃがみ、ヘンリーの首を抱いて別れの挨拶をした。「お元気で。飼い主さんに会えるといいね」と。

俺は照れ臭く、煙草に火をつけ、目でさよならを言う。ワゴン車のドアがスライドすると、ヘンリーは抵抗もなく乗り込む。自分が流れ者であることを察したように、悟り澄ました顔で俺を見返す。俺も家を出たら当分は流れ者になるのだ。生きていたら、いずれどこかで会おう。

ワゴン車が走り去る。俺は骨箱を抱いて怜子の車に乗り込む。

「これから、お骨はどうなさるんですか？　東京に持っていくんですか？」

運転席でシートベルトをはめながら、怜子が訊く。俺はネクタイを緩める。

「骨箱を抱えて東京を歩くってか。それじゃどっかの原告団みてえだ」俺は笑った。「家に置いていく。放っておくわけじゃねえ。お袋がいてくれてりゃ、あの家は空き家になんねえだろ。それに俺も、いつかは家に帰ろうって気になる」

「いつになるんでしょうね」怜子は車のキーを回してエンジンをかける。

車の震動に、骨も揺れて音を立てる。

「さあ。五年先か十年先か。しかしまあ、気持ちを繋いでりゃ、あの町は廃墟にはなんねえから。廃墟になるのは、みんながあきらめたり忘れたりしてからだ」

マーチはゆっくりと走り出す。国道を、俺の家に向けて走る。

「俺の家で精進落としをしねえか？」俺の提案に怜子は乗り気になり、検問の手前にあるコンビニに寄って缶ビールやつまみを買った。アルコールを飲めば車の運転はできない。それを承知で怜子は缶ビールのラベルを見比べ自分の好みを俺に教える。

コンビニは混んでいた。開いている店が少ないから自然とコンビニに客が集中してしまうのだ。怜子が「私がレジに並んでますから」と言ったので、俺はひとりで外に出た。

喫煙所に立った俺の目の前に、京都ナンバーのＢＭＷが止まった。京都。なぜかその二文字が俺の目に飛び込んでくる。運転席と助手席のドアが同時に開き、若い夫婦が出てくる。ふたりがコンビニの入り口に向かおうとすると、遅れて後ろのドアが開いた。

父親が振り向き「みすず！」と大声を上げた。

みすず？　俺は目を剝いた。開いたドアから十歳くらいの女の子が出てきた。

「車に入りなさい。外に出るなって言っただろ！」駐車場いっぱいに響く声だ。

「目に見えなくても空気に毒があるの。子どもには危ないの」母親の甲高い声が続く。

「でも、あれ」

みすずと呼ばれた女の子が指差す先に、ジュースを飲んでいる地元の子がいた。

「よその子はいいの。お母さんはみすずが心配なの」

「私のカルピスウォーター必ず買ってよ。麦茶は嫌い。お茶も嫌い。カルピスウォーターにしてよ」そう念を押して女の子はしぶしぶ車内に戻った。

女の子の名前がみすずというだけだ。顔も違う。年齢も違う。なのになぜ、こんなに心臓がどきどきするのだ。

若い夫婦とすれ違いで、レジ袋を提げた怜子が店から出てくる。俺は煙草に火をつけるのも忘れていた。

運転席に座ってから、怜子はＣＤラックからクラシックのＣＤを取り出しプレイヤーにかける。チェロの荘重な音色が流れだし、「バッハの無伴奏組曲」と怜子は教える。

「こういうのを聴くんだ？」俺はＣＤのパッケージを眺めた。

「ええ。重いですか？　明るい曲に変えましょうか？」

「いや、火葬の帰りだからな。たまにはこういうのもいいか」

「吉田さんはふだん、どういう音楽を聴くんですか？」

「イーグルスのホテル・カリフォルニア」と俺は答える。「知ってる？」

「ええ。有名な曲ですから、いちおうは」

俺は歌詞の内容を説明する。麻薬の臭いがする砂漠を走っていて、怪しいホテルを目にして車を入れる。ようこそホテル・カリフォルニア。快楽の渦巻く場所。長居したら駄目になると思い、抜け出そうとするが出口が見つからない、右往左往していると警備員が呼び止めこう告げる。チェックアウトはお好きにどうぞ。ただしここから抜け出すことはできない。

二十キロ圏の境界線にある検問で、警察官が職務質問をする。俺は骨箱を持ち上げ、葬儀の帰りだと強調する。警察官は敬礼し、通行は許可される。

「チェックアウトは自由だ」と俺は呟く。「ただし死ぬまで抜け出せねえ」

「ようこそ、ホテル・カリフォルニア」彼女は呟く、バッハの旋律の中で。

検問を抜けると、国道は悲惨な風景の中をまっすぐに貫いている。

私のいない椅子

1

そのポスターの中心には椅子があり、椅子の上には花瓶があり、白ユリが挿され、暗い教室を背景に真上からスポットライトを浴びている。

昨日から学校のあちこちに貼り出された。玄関で靴を履きかえてすぐ正面の壁とか、階段を昇ってひと息つく踊り場の壁とか、要所要所に張られているから嫌でも目に入ってしまう。そのたび私は眉間がこわばる。

映画のポスター。『わたしを故郷に帰して』。

自殺をほのめかす思わせぶりな写真。感傷的なタイトル。

誰？「わたし」って。

本当は、あの椅子にすわっているのは私だった。私の代わりに花瓶が置かれた。

押し殺した怒りで顔から血の気が引く。血の気が引くような怒りって、あるのだ。

私は自殺なんかしない、理由がないから。誰が自殺なんかするもんか、家に帰れないくらいで。

家族がばらばらになったくらいで。少しくらい放射能を浴びたからって。

監督・脚本は同級生の遠藤ナツ。となりのクラス。写真部の部長。

試写会は一週間後の九月二十四日。場所は町の公会堂。ワークショップで制作した高校生の映画が、町をあげてのイベントになった。ポスターは町内の掲示板や店頭にも貼られているから、通学路でも油断していると向こうから目に飛び込んでくる。おちおち顔を上げて道も歩けない。

試写会には報道席も用意するらしい。福島県の十七歳の女子高生が監督し、福島県の高校生が出演した、原発事故をモチーフにした映画というだけで注目を浴びる要素はそろっている。たぶんニュースになるだろう。映画は福島県の各地をめぐったのち、ひょっとすると全国展開する。でも、それは、私とは関係のないことだ。

東日本大震災から半年が過ぎた。いろんなことがありすぎて、長いんだか短いんだか。

教室に入って気怠い声で挨拶をかわし、今日もあちいねえとか梨味のアイスってどうなのおとか、内容のない会話が漂うなかを自分の席に向かう。椅子に腰かけ、スカートの裾をつまんで引っ張る。新しい制服はスカートが短い。前の制服とくらべて三、四センチの差が大きい。頼りない。水色のブラウスや臙脂《えんじ》色のリボンはおしゃれだ。リボンをゆるめてだらしなく見せる着こなしも大人っぽい。前の制服はひたすら地味で野暮ったかった。けれど二年間お世話になった制服を悪くは言いたくない。

教室の窓から阿武隈の山なみが見える。あの向こうに私の生まれた町がある。私はいま、阿武隈を裏側から見ているんだと思うとたまらなくなる。もちろん、表とか裏とかいうのは相対的なものだけど、私にとってはあくまで太平洋に面した町から見た阿武隈が表側だ。

阿武隈の向こうから白雲が湧き出て、見ている間に山の端から離れ、宙に浮く。青空に漂い、いかにも頼りなげに、ぽかんと。私が雲を見ているように、雲が私を見返しているような気もする。

ケータイが鳴る。秋本明雄からのメール。私と同じ高校から転校してきた子だ。

「先輩。試写会で自爆テロするってどういう意味ですか。俺、自爆つき合いますか?」

明雄はまっすぐな子だ。勢いで打っただけのメールを真正面から受け止めてくれるからいじらしい。

「じゃあバクチク百連発を二束買って」私は返信する。

映画の主題歌を作詞作曲した明雄は、上映の前にステージで歌うことが決まっている。なのに、そのステージをぶち壊そうとする企てになぜ加担しようとする?

「バクチクってどこで買えますか?」と、明雄から返信。

「真に受けてんじゃねえよ、ばーか」ばーかと打って、それで癒されている自分がいる。

ケータイを閉じて、胸が熱くなった。避難者同士で繋がるのは傷を舐め合うようで好きじゃない。なのに明雄とはキスもして、人から見れば恋人同士ということになるのだろう。

「文化祭目指して俺らバンド組むからよお」と男子の声がする。「女子のボーカルほしいんだけど誰かやんねえ?」誰も返事しない。くすくす笑いがするだけ。

教室では誰も放射能の話なんかしない。みんなへらへらして薄っぺらい話ばかり。震災すらなかったみたいだ。ホットスポットの近くに家のある子もいるし、風評被害に悩む農家の子もいるし、親兄弟が原発労働者の子だっているかもしれないのに。本音を誰も話さない。気楽でいるために息苦しさに耐える、みたいな、変な空気を私は感じていた。

そんな空気のなかで遠藤ナツは、ある意味で特殊だった。

2

五月の下旬。いや六月に入っていたかも。いずれにせよ、映画制作の話が持ち上がる前のことだ。遠藤ナツはとなりの教室からまっすぐ私を目指してやってきた。放課後のことで、私は教科書を鞄に詰めて帰り仕度をしていた。

「伊藤カナさん?」

声をかけられて、一瞬、返事をためらった。黒いフレームの眼鏡と、眉毛を隠す真一文字に切り揃えた前髪。彼女の首には一眼レフのごついカメラがぶら下がっていた。

「そうだけど」警戒感たっぷりに答える。彼女が大きなスケッチブックを抱えているのも気になった。

「私は遠藤ナツ。写真部の部長をしてる」遠藤はぎこちなく一礼して、私の前の席に腰を下ろした。

「それで？」

「写真甲子園って知ってる？　高校生写真部の全国コンクールなんだけど」

私は黙っていた。藪から棒、と古臭い言葉が頭に浮かんだ。

無言の返答に臆せず、遠藤は続けた。「その写真甲子園の企画でね、写真の力で復興を応援しようってプロジェクトが始まって。応援メッセージの写真を被災地に送って、被災地では返信メッセージの写真を送り返す。そんなふうに、支援者と被災者が写真を通して交流しようっていう企画なんだけど、私たちも福島県の高校生として参加しなくちゃって思うんだ。仙台で展示会を開くっていうし、そのうち東京でも開くんじゃないかな」

「だから？」

「だからさ、協力してくれない？　伊藤さんだけじゃなくて、被災地から転校してきた人みんなに声をかけていて」と、スケッチブックをめくっていく。すでに何人かは協力しているらしく、〈福島は負けない！〉とか〈つながれ日本〉とかの常套句がマジックペンで書かれていた。こんなのキャッチコピーだと思いながら、私は遠藤を見た。小柄なのに妙に存在感のある人。協力してくれなきゃ引き下がらないという態度がありありだ。こんな人がこの学校にいたのかと、私は内心で驚いていた。

結局、私は遠藤に根負けした。この状況をさっさと終わらせたい一心でマジックペンを握り、白紙のスケッチブックに向かってから「どっちの立場で書くの？」と目を上げた。

「どっちって？」

「支援者？　被災者？」

「被災者でしょ」と遠藤は言った。

「思ってることを書けばいいのね」と念を押し、少し考えてから、〈海が見たい〉と書き殴った。メッセージにならない言葉だが、遠藤は眼鏡のブリッジを中指で押し上げ、「あ、いいかも」と小さく呟いた。

遠藤に指示されるまま、スケッチブックを胸の高さに持ち、廊下に立つ。テレビＣＭにありそうなポーズ。一枚撮って終わりかと思ったら、遠藤は絞りやシャッタースピードを調節して何度もシャッターを切った。その間、教室の窓から撮影の様子をうかがう人もいて、私は恥ずかしさに居たたまれなかった。早く終わってくれとそれだけを願った。

数日後、お礼だと言って遠藤は写真をくれた。期待はしていなかったのに、妙にプロっぽい写真だった。自分でどきりとしたほど私は無表情で、魂の抜けたような、殺伐とした顔をしていた。これほど容赦なく人を切り取れるのかと、私は感心した。

仙台での展示会では、全国から寄せられた高校生の写真が数百枚も並ぶはずだという。膨大な写真の海に溺れるようにして私の写真もあるのかと思うと、ほっとするような、哀しいような、微妙な気持ちになった。

〈海が見たい〉と、どうして書いてしまったのだろう。津波は母方の祖父母をさらっていったのに。そのせいで母がおかしくなったのに。遺体の上がらない祖父母を思い、毎日欠かさず海へ手を合わせに行く母につきそい、私も毎日、海へと歩いた。その習慣が身体に染みついたのか、いまでもときおり無性に海が見たくなる。胸がひりひりしてくる。

まさか、〈海が見たい〉という私の言葉がひとり歩きし、映画の企画になるなんて夢にも思わなかった。

遠藤が撮った写真を捨てたところ、私の知らないところで映画制作の話は始まっていた。

ある日、写真部のOBを名乗る男が校長室を訪れ、ワークショップの企画を校長に持ちかけた。それが始まりだ。企画は職員会議にかけられ、承認を得ると次に写真部に送られた。ワークショップのコンセプトは「福島県の高校生がフクシマの映画を撮る」で、映画制作の主体は写真部なのだ。企画書を見るなり、部長の遠藤は一瞬で火がついた。頭のなかでファンファーレが鳴り響いたらしい。一方で、部員の多くは煮え切らずにいた。写真部が映画を作るのは、野球部がテニスをするのと同じくらい筋違いの話なのだ。

「どうして写真部が映画を作るんだよ」というもっともな疑問を、遠藤は「作ってみなきゃわからない」と一蹴した。

「福島県の高校生として、しかも写真部として、やるべきことってあるでしょ。鉄道写真や猫の写真もいいけど、いましかできないことってあるじゃない。写真と映画の違いなんてこの際どうでもいいの。文化部のなかでもマイナーな、活動しているのかいないのかもわからない、いずれ消滅していく運命とささやかれている写真部が一躍脚光を浴びるチャンスなのよ」

部の消滅に危機感を抱いていた部員たちは、遠藤の熱弁にようやく目を覚まし、ワークショップの受け入れに同意したという。

遠藤は写真部の会議の様子をこんなふうに私に伝えたが、本人が話すことなので脚色はあるかもしれない。しかしおおよそはこのようなものだったろう。

翌日には、そのＯＢが写真部室に現れた。

小熊康生というそのＯＢは三十二歳。映画監督であり、東京のアート系専門学校の映像科講師もしている。ワークショップは、彼が講師をしている専門学校とこの高校とのコラボレーションだと、小熊は説明を始めた。制作の主体は写真部。撮影機材は専門学校が貸与し、機材の使い方や映画制作の手法は専門学校が派遣する映像科の学生がレクチャーする。映画はドキュメンタリーではなく、高校生が脚本を書き、高校生が演じる。もちろん監督も高校生だ。夏休みを利用して撮影し、完成したら一般公開する。

「監督をやらせてください。それと、脚本も書きます」遠藤は名乗りをあげた。他になり手はなく、その場で決定した。実は遠藤には目論見があったのだ。それが、私を映画制作に引き入れることだった。その話を私はあとで聞いた。

どうして私なのか？

遠藤は再び私の前に現れた。放課後、やはり私が教科書を鞄に詰めている最中のこと。彼女はスケッチブックを開き、〈海が見たい〉のページを私に向かって突き出した。

「ねえ、いっしょに映画を作らない？」遠藤は単刀直入に切り出した。

「は？」

面食らった。生まれて初めて宗教の勧誘を受けたときと同じくらい面食らった。

唖然としている私に、写真部が映画を作ることになったいきさつを説明し、遠藤はあらためて私を勧誘した。

「映画のタイトルを〈海が見たい〉にしたい。平凡なようだけど、深い意味がありそう。写真甲子園の企画で伊藤さんを撮ったときから光ってた。だから、映画の話が飛び込んできたときに、すぐに閃いたの。タイトルは〈海が見たい〉にしよう。ヒロインを伊藤さんに頼もうって」

「ヒロイン？」

耳を疑った。次に遠藤の眼鏡を疑った。度が合っているのだろうか。私はヒロインの顔じゃない。もし、遠藤が原発被災地からの避難者という理由で私を推しているのなら、なおさらごめんだ。

「伊藤さん、前の学校で演劇部だったんでしょ」

どこで調べたのだろう。遠藤に話したことはないのに。

「たしかに演劇部だったけど、私は裏方専門だから。舞台をデザインしたり衣装を縫ったりするのが好きなだけで、舞台に立ったことはないんだ」

「でも演劇は好きなんでしょ。好きってだけで充分だから」

「勝手に決めつけないでよ」

遠藤は仕切り直しをするように眼鏡を外し、レンズを袖でさっと拭いてかけ直した。

「なんかさ、このままでいいのって焦る気持ち、ない？　芸能人とか慰問にきてワイワイ騒いでハイさよならの繰り返しでいいわけ？　受け身ばっかりで悔しくない？　私たちにもできることってあるはずでしょ」

「あるのかもしれない。でもそれは、やりたい人がやればいい。そういう使命感の押しつけって私は好きじゃない」

私としては辛辣に拒絶したつもりだったが、遠藤は聞いてなかった。

「『絆』って漢字は糸の半分て書くじゃない。差し出される糸は半分なんだよ。こっちからも出さないと繋がらないんだよ」

「『絆』って言葉、私は信じない。数年もたてば忘れられてると思う」

「かもしれないけど、それでも声を上げなくちゃ。大事なのはいまだよ。声を上げれば必ずどこかに届く。私たちが声を上げればぜったいマスコミが注目する。有名になりたいわけじゃないけど、私たちのがんばってる姿を見せてあげれば、悲しみに沈んでいる人たちに少しでも元気を分けてあげられるじゃない」

遠藤は目を輝かせて言った。

私は心臓が静かに鳴り出すのを感じた。遠藤が言うように本当にマスコミが注目し、報道してくれるなら、散り散りばらばらに避難していった同級生や友だちに、「私はここにいる」とメッセージを届けられる。

震災直後、私は避難所で携帯電話を盗まれた。避難所に指定された体育館に母と入り、配られたダンボールと毛布で自分の居住エリアを決め、荷物を並べて境を作った。それから一時間とたたないうちに、携帯電話は消えてしまったのだ。友だちの連絡先はすべてそこに登録していたから、すごく困った。友だちと連絡がとれない。私の居場所を友だちに伝えられない。同じ避難所にいる誰かが盗んだのは確かだが、食料も水も不足していた大変な時だったからケータイ一個で大騒ぎはしたくなかった。

この町に移ってから新しいケータイを買ったが、誰とも連絡がとれない状態に変わりはない。でも、仮に私が映画に出たとして、友だちの誰かがその映画を観てくれたら、私はちゃんと生きていると伝えられる。見た人が連絡してきてくれて、そこからネットワークも再生できるかもしれない。

「どうしても、私がヒロインでなくちゃ駄目?」

心は揺れ動いた。しかしヒロインなんて重荷だった。

「絶対じゃないけど、伊藤さんが演じるのがいちばんだと思う。だって、これは伊藤さんの映画だから。調べてみたら、転校生のなかで伊藤さんの家がいちばん原発に近かった。同じ福島県でも、伊藤さんは私たちとぜんぜん違う。私たちの知らないことを伊藤さんは経験してきた。それを出してもらいたいの。大丈夫、私は監督もするけど脚本も書くから。悪いようにはしない。約束する」

「いまは返事できない」私は目を伏せた。「しばらく考えさせて」

夏至の日だった。しらじらとした夕暮れに青田の匂いが漂う田舎道を、私はもやもやした思いを抱えながら自転車を走らせ、伯母の家に帰った。

私の家は福島第一原発からそう遠くない。震災の翌日、父は爆発した原発が立てる白煙を目撃した。家の片づけをしていたら大きな爆発音が聞こえ、驚いて外に飛び出たそうだ。そのときは原発が爆発したとは知らなかった。原発の敷地にあるガスタンクが爆発したのだろうと考えていた。原発が爆発するなんてあり得ない。あり得ないと否定しながら、父は車に飛び乗り逃走していた。風に乗って流れていく白煙を観察し、ひたすらその反対方向へ。本能が、そうしろと父に指令を下したのだろう。

母は自分の両親を津波にさらわれた。原発の排気筒が見える漁師の集落で雑貨店を営んでいたが、家ごと呑み込まれてしまった。原発に近いため捜索もままならず、いまだに行方不明だ。たぶん、海に引き込まれたのだ。津波警報を聞いて実家に車を走らせた母は、押し寄せる濁流を前に、慌ててギヤをバックに入れた。間一髪命拾いをしたのに、どうして引き返してしまったのだと母は自分を責めている。突き進んでも間に合わなかった。無理をすれば自分も死んでいた。理屈でわかってても慰めにもならない。母は自分が生き延びたことを悔やんでいるのだから。

父は職場だった工場が閉鎖されて埼玉営業所に転勤し、会社が用意した六畳ひと間のアパートで暮らしている。

母は原発から北へ三十キロ離れた町で避難生活を送っている。私もしばらくは体育館で母と暮らした。母は、両親の遺体が発見されるまでは海のそばを離れたくないと言う。一日一回は海に手を合わせて祈らなければ気のすまない母につき添い、私も海岸まで片道三キロの道を歩いて海に通った。目を離すと母が自殺しそうで怖かった。そのあたりも決して安全とは言えず、無用な外出は控えるよう注意されていた。放射能を浴びていると自覚はしていたが、放射能より苦痛だったのは四六時中ふさぎ込んでいる母との生活だ。母といると、私まで限りなく滅入ってしまった。

ずぶずぶの避難生活。おまけに私は携帯電話すらない。本来は助け合わなくちゃいけない避難所の人たちを、このなかに犯人がいるはずと疑心暗鬼になって見回す心境を、誰が理解できるだろう。母は罪悪感の泥沼に生きている。死んだ親より生きている娘を気にかけてと言いたかったが、母には道理が通じなかった。襲いかかる津波を目の当たりにした体験は、母の心にそれだけ大きなひずみを残したのだ。

母はこんなに弱い人だったんだ。自分を守ってくれるはずの母がこんなに壊れやすい人だったなんて。母は母ではなく、「何を考えているのかわからない人」になってしまった。父も埼玉に行ったきり帰ってこない。やっぱり「何を考えているのかわからない」遠い存在になった。

私の健康を心配して伯母がやってきたのは四月の半ばだ。伯母は母と私を自分の家に避難させるつもりでいたが、母は動こうとしなかった。伯母は激しく母と口論し、結局、私だけを引き取ったのだ。

私は母を裏切ったようなものだ。私と別れるとき、母は泣きながら恨み言を吐いた。母を見捨てるのはつらかった。自分が冷酷な人間に思えた。

伯母が運転する車の中で、「お母さんを守れなかった」と私も泣いた。さだまさしの曲が流れていた。伯母はさだまさしのファンなのだ。

「人生に癒せない傷はないものよ」と伯母は前を向いたまま言った。「その程度には人の心は強いものよ。傷が癒えない人もいるけど、そういう人は癒えないんじゃなくて癒したくないのよ。傷によって自分を呪縛してるの。そしてね、自分にかけた呪いを解けるのは自分だけなのよ。まあ、時間が解決してくれるのを待つしかないわね」

さだまさしの曲にそういう歌詞があるのだろうか。伯母が語る人生論はさだまさしの歌からの借りものが多い。どうして人は、傷を癒したくないと思うのか、本当に、時間が解決してくれるのを待つしかないのか。さだまさしがいたら訊いてみたかった。

夏至の日の夜には、古くなった舟を海岸に積み上げてかがり火を焚くのだと、テレビは北欧の夏至祭を紹介していた。

友だちが経営している喫茶店の手伝いをしている伯母は、毎晩八時過ぎに帰宅する。それまでに私が晩ご飯のしたくをしておく約束だ。この日は鰯《いわし》のハンバーグをこしらえた。鰯を開いて細かくたたき、生姜《しょうが》と椎茸と青ネギのみじん切りを混ぜてこね、フライパンで焼く。失敗作や手抜き料理に伯母は容赦しないので毎晩気が抜けない。午後の授業中に晩ご飯のメニューを考えていたりする。

まあまあだね、という顔をしてハンバーグを口にする伯母にほっとして、私はテレビに首を向ける。フィヨルドの静かな海に舟は燃え上がり、白夜の空に黒煙を上げている。

「うちの高校で映画を作ることになって」と、私はテレビに目を向けながら伯母に打ち明けた。

「原発事故の話にするみたい。それで、私も出てみないかって誘われた。端役ならいいけど、主役だって。なんで？　ヒロインって顔じゃないよね、私？」

「それで？」伯母は箸を止め、まじまじと私を見た。「どうしたの？」

「迷ってる」と私は答えた。

「馬鹿ね、なに迷ってんの」伯母は頓狂な声を上げた。「あのね、人は誰でも自分の人生では自分が主人公なの」

あ、さだまさしだ。と私は心のなかで思う。

「カナちゃん十七歳でしょ。一生でいちばんきれいな時期よ。それを撮らせてくださいって向こうから頼んできたんだから断っちゃ駄目。いいのよ演技なんて。セリフも棒読みでいいの。カナちゃんはカナちゃんというだけで価値があるの。だから自信を持ってカメラの前で突っ立ってなさい」

「でも、どうしてそれが私なんだろ?」

「それはね、カナちゃんがカナちゃんだからよ。カナちゃんは映画に出ることで自分が傷つくんじゃないかって心配してるでしょ。でもね、たとえ傷ついたとしたって、傷つくだけの価値があると思ったら積極的に傷つくべきよ。逃げちゃ駄目」

「伯母さんの持論よね。前に出ていって受けた傷なら自分を強くするし、逃げ腰で受けた傷はいつまでも治らない。傷を言い訳にして、弱い自分をどこまでも許しちゃうからって」

「どういう映画になるか知らないけど、その映画をお母さんに観てもらったら。校内だけじゃないんでしょ。いろんなところで上映するんでしょ。私はこんなにがんばってるんだってお母さんに見せてあげなさい。カナちゃんの元気を分けてあげるつもりで」

伯母は強い。乳癌で片方の乳房を切り取ってから怖いものがなくなったと、口癖のように話す。

でも私は強くなんかなりたくない。そう、口に出かかった言葉を胸に押し戻す。臆病者と呼ばれようが、自分の弱さを心のどこかで大切に守りながら生きていたい。

あと片づけをすませ、暗い階段を上り自分の部屋に向かう。三月まで従姉の部屋だった二階の六畳間を、私は借りている。クローゼットに下がった従姉の服も、私が着ていいことになっている。従姉の色彩感覚は私には抵抗あるけどやっぱりありがたい。高校の制服も従姉のおさがりだ。短いスカートは直しようがない。

窓ガラスに映った自分の姿を見て、私が私であるだけで価値なんてあるのかと思う。蛍光灯のぎらついた光のせいで私の顔に暗い影がさし、地味な顔立ちはますます地味に見える。こんな顔がヒロインで、観る人は不愉快にならないだろうか。

私の立ち姿を透かして、外には暗い夜空が広がり、夜空よりも暗く、阿武隈の山なみが連なっている。あの山なみの向こう、原発を見下ろす展望台のある公園で、家族でお弁当を広げた日もあった。はるか彼方、水平線は直線ではなく微妙に弓なりに反っていて、ああ、やっぱり地球は丸いんだなって、すとんと理解した日もあったのだ。地球ってきれいだなって、初めて地球に下り立った宇宙人みたいに感動していた。あれは小学何年生だっただろう。見下ろせばコンクリートの四角い箱が海岸線に沿って並び、その内部では原子炉が核燃料を燃やし続けて、けれどそれもこれもふくめて、地球っていいところだと信じられた。

思い出すと、身体が弾けて飛び散ってしまいそうになる。思い出が大きすぎて身体に入りきれない。わあっと叫ぶ代わりに思いきり顔を歪める。人には見せられない、醜い顔。もし私が爆発して、それが原発事故に匹敵するパワーを持つなら、私はいますぐにでも爆発したい。それが、私が私であることの証明なのだ。

母と別れてから、私は母に電話をしていない。母からも電話はない。

「いい加減に仲直りしてくれないと私が親子の仲を引き裂いたみたいじゃないの」と伯母はこぼす。でもどうしようもない。電話をしようとすると母の泣き顔が甦《よみがえ》って指が震える。メールも送れない。

伯母と母は電話で話をしているから、伯母を仲立ちにしてお互いの様子は伝わっている。母はいま仮設住宅にいる。幸いにも幼馴染みの友だちとご近所になり、気晴らしにカラオケで遊んだりもしているらしい。父とは電話で話をするが、父は私と母との葛藤を知らない。母との円満な話し合いの末に、私が伯母の家に避難したと信じている。父は父で新しい職場に慣れずにすったもんだしているらしい。電話では、もっぱら私が父の愚痴の聞き役に回っている。

今日、遠藤と話をしたときは家族の顔はぜんぜん思い浮かばなかった。だけどそう、父や母に向けても、映画は私からのメッセージとして届くはずだ。

3

翌日、小熊康生に会うだけ会ってみたいと遠藤に話すと、遠藤はさっそく小熊との面談をセッティングしてくれた。場所は学校の外、公会堂の喫茶ルームだ。

小熊については事前にネットで調べていた。監督作品はホラー映画ばかり。映画評論の本も出している。レンタル店のホラーコーナーを見たら、ちゃんとＤＶＤが並んでいた。ジャケットの写真を見ただけで怖くなって借りるのは止めたけど。

ホラー映画の監督らしく痩せぎすの、顔色のよくない神経質な人を想像していたが、実際に会ってみると小熊は正反対のぽっちゃり体型で、名前のとおり子熊みたいに穏やかな顔をしていた。縮れ毛頭にパナマ帽。頭が大きいので被るというよりは置いている感じ。水色のアロハシャツに生成のハーフパンツ姿で、おしゃれだし清潔感もある。

小熊は先に着いてメロンソーダを注文していた。白いテーブルにメロンソーダを透かした光がきれいだ。緑色の光の中に気泡の影がはじけている。

本当にこの人なのかと疑っている私に気がつき、「伊藤カナさん？」と、小熊のほうから声をかけてきた。太くて柔らかな声だ。

「はい。伊藤カナです」ほっとして、私は頭を下げた。

簡単に自己紹介をしてから、私はヒロインを引き受ける不安を打ち明けた。驚いたことに、小熊は伯母と同じことを口にした。

「演技なんかしなくていい。セリフを読もうなんて意識しない。君はただ君自身でいることだけを考えればいい」

「私自身でいることって、でも難しいですよね」

「突っ立っていればいい」小熊はにこりとした。本当にこの人が、生き霊や地縛霊の映画を撮っているのだろうか。「好きなだけ突っ立って、自然に身体が動き出すのを待つ」

「幽霊みたいに？」

「幽霊はそうなのか？」

「知りません。見たことないから」

「よかった。実は俺もない。よく見るという人とは仕事がやりづらい」

小熊は軽く笑った。穏やかに微笑みながら目つきは醒めている。

テーブルはガラス壁に沿って並び、ガラス壁の向こうに芝生の中庭がある。「〇・一八マイクロシーベルト／毎時。健康に影響はありませんがご注意ください」と書いた立て札が突き刺してあった。小熊は私と話をしながら、ときおり中庭に顔を向けた。

「ホラー映画は好きか？」と尋ねるので、正直に「いえ。あんまり」と答えた。

小熊の表情に変化はなかった。予想通りの答えだったのだろう。

「ホラー映画はな、幽霊の出る前がいちばん怖い。正体はわからないが何かのいる気配だけはする。この世界を一枚めくれば裏側に邪悪なものが息をひそめている。その確信だけがある状態。それをどう表現するかでホラー映画は決まる。幽霊に形を与えるのは観客を怖がらせるためじゃない。その逆、観客を安心させるためだ」

「幽霊ってほんとにいるんですか？」

「いるだろうね。映画も写真も、その本質は幽霊なんだと俺は思う。映画が誕生して間もない時代、初めて映画を観たロシアの小説家が『死後の世界を見てるようだ』と言ったそうだ。フランスの哲学者は、人は写真に撮られることで幽霊になるんだと言った。写真に撮られることは自分の『死』を切り取られることだ、つまりそれが幽霊なんだって。わかるかな？」

「すいません。わかりません」正直、ちんぷんかんぷんだ。

「映画の中で、幽霊になった自分を想像してみるんだ。それが案外、自分らしい自分かもしれない」

「なんだか哲学的ですね」

「難しく考えなくていいんだ」

私の震災体験や避難生活について、小熊は尋ねなかった。代わりに小熊が聞きたがったのは、震災以前、私が住んでいた町の様子や暮らしぶりだった。

私は思い出すまま、幼いころの遊びや通学路の思い出を語った。私の思い出はどれもありふれていてささやかなものだ。なのに小熊は、ひとつひとつを真綿でくるみ標本箱に収めるように聞いてくれた。そんな経験はしたことがなかった。特に面白くもない、ただの個人的な思い出話が、小熊に話しているとかけがえのない輝きを放つように思えた。それだけで、この人を信用していいんだという気持ちにさせた。

「思い出せる限りの、いちばん最初の記憶は？」小熊は尋ねた。私はしばらく頭の中をさぐり、

「手押し車かな？　幼稚園に上がる前だから」と答えた。

「よちよち歩きの子どもが押して歩く、あのおもちゃ？」

小熊は両手を突きだして横棒を握る真似をした。指に生えた黒い毛がきらきら光る。

「ウサギが四匹並んでいるんです。押して歩くと、車輪と連動してウサギがパタパタ跳ね上がる仕掛けの。もらいものだったかも。私が小さいころは家が貧乏で、使い古しのおもちゃを父がよくもらってきたんです。その手押し車も薄汚かったし、部分的に壊れていたし。一匹だけ、ウサギが跳ねないんです。私はその一匹が気になって、なんか可哀想で、家の中をぐるぐる、いつまでも押して歩いてた。どうしたんだろうって」

パタパタと木のウサギが跳ねる音。そこにはさまれる空白。古い記憶は、それ自体が傷のようなものだ。哀しい記憶ではないのに思い出すと胸が痛くなる。話しながら心が高ぶり、わけのわからないまま涙が込み上げ、ハンカチで押さえるだけではすまなくなり、私はいきなり席を立つとトイレに駆け込み泣きだした。なぜ泣いている。哀しいわけではないのに涙があふれて止まらない。便座に腰かけ、わけのわからないまま泣き続けた。

泣くだけ泣くと興奮が収まり、涙が止まった。個室のドアをそっと開け、目の縁や鼻の頭の赤くなった顔を鏡でたしかめ、みっともないと恥じながら喫茶コーナーに戻った。

小熊の姿が消えていた。ガラス壁ごしに影だけがテーブルに落ちている。小熊はガラス壁の外、中庭に立ち、背中を向けていた。パナマ帽の影から煙草のけむりがふくらむ。あ、煙草を吸ってたのか。そこは喫煙所で、四角い灰皿スタンドもある。

不意に突き放された気がした。ガラス一枚を隔てただけなのに、置き去りにされたみたいで無性に腹が立った。私が泣いている間にのんびり一服していたなんて。つまんない話を延々と聞かされてやれやれと思っているのだ。私はガラス壁を指で叩き、小熊が振り向くやいなや睨みつけ、床に置いた鞄をひっつかむと踵を返して立ち去った。

何やってんの、私。馬鹿みたいだ。頭がおかしい。わけも言わずトイレに駆け込んだ私が悪いのに、自分のことを棚に上げて勝手に怒って立ち去るなんて。

道を歩きながら激しく後悔した。自己中心。自意識過剰。情緒不安定。少しやさしくされただけで思い上がって、自分勝手に感情を撒き散らして泣いたり怒ったり、めんどくさいやつ。小熊はきっと呆れている。映画の話はおしまいだ。かまうもんか。ヒロインなんて最初から望んではいなかった。ただ、頭のおかしなやつと小熊に思われたままで終わってしまうのが悔しかった。

遠藤ナツは何も言ってこなかった。

結局、映画に参加するともしないとも明確な返答はしなかったし、向こうからも正式な要請はなかったのだが、数日後、遠藤からのメールで「映画関係者を集めて説明会をします」といきなり招集がかかった。え、やっぱり私って映画に出るのか。それもびっくりだが、映画に出る出ないより小熊に嫌われてなかったんだと胸を撫で下ろしている自分にもびっくりした。

翌日、視聴覚室を借りて説明会は開かれた。スタッフは七人の写真部員。三人の演劇部員に加え遠藤が個別に口説いて引き入れた役者が五人。そのなかに私がいた。

「君たちが福島県の高校生としていま・ここにいることの意味をもういちど問い直せ」と小熊は全員の前で力説した。熱の入った語りは喫茶ルームでの会話とはトーンが違い、いかにも映画監督らしかった。「福島の原発事故は間違いなく人類史的な事件だ。君たちひとりひとりがいま・ここで歴史を生きている。人類の歴史を自分の歴史として生きている。映画とは、君たちが生きていた証拠を未来に届ける道具だ。君たちは表現活動によって未来に参加しているんだ」

小熊が熱弁を振るっている間、私は恥ずかしくて目を上げられなかった。小熊の声は血液のように身体をめぐり私の心臓をどきどきさせた。なんだか恋愛感情みたいだが、まさか私が三十代の子熊みたいな男を好きになるなんてあり得ない。

「マスメディアは情報としてフクシマを報道する。情報を伝えることが公平な報道のあり方だと信じている。それはそれで正しい。しかし考えてほしい。物事の本質を情報で伝えられるだろうか。本当に大事なことは情報からこぼれ落ちてしまうものにこそあるんじゃないか。情報に置き換えられない本質をどうすれば伝えられるか、それが物語だと俺は信じる。ワークショップで作ろうとしている映画はドキュメンタリーではなく物語だ。物語とは偽りの歴史だが、君たちが全身全霊で真実を吹き込むんだ」

次に遠藤が映画の構想を説明する。

「タイトルは〈海が見たい〉に決めました。これは、役者として参加する伊藤カナさんの言葉です。このひと言をヒントにして、物語を考えました」

ヒロインの設定は私の体験と不思議なくらい似ていた。ヒロインの母は津波に呑まれて遺体の上がらない弟を思い海辺の町から離れられず、放射能が心配なヒロインは母と別れ内陸の町に避難している。私との違いは、津波の犠牲者が祖父母ではなく弟ということくらい。なぜだろう。私は自分の体験を誰にも話していないのだから偶然に違いない。私は遠藤を見直した。空恐ろしさすら感じた。

ただし、ヒロインは後半にいたると私の思いも及ばない行動に出る。仲良しの女友だち三人組と一念発起し、ひたすら自転車を漕いで阿武隈高地を越え、母に会いに行くのだ。そして海辺に立つところでクライマックスを迎える。

胸が高鳴った。これはやっぱり私の映画だ。これならやれる。伯母や小熊が言ったとおり演技はいらない。私はひたすら私でいればいい。ヒロインは私しかいないはずだ。

写真部顧問の説明が後に続く。

「撮影は夏休み中に行います。専門学校の学生さんは小熊さんの実家に合宿し、私たちをサポートしてくれます。相当ハードなスケジュールになりますから覚悟してください。ロケは線量を測りながら危険の少ない場所を選びますし、線量が低くても同じ場所に長時間の滞在はしません。小熊さんが被災地に入って撮影した記録映像を組み込んで、セミ・ドキュメンタリー映画に仕上げる予定です」

それから、スタッフと役者の顔合わせと自己紹介があり、最初の説明会は終わった。今回は配役についてはまるで触れなかった。

解散の後、いちはやく廊下に出た小熊を私は追いかけ、先日の失礼を詫びた。

「いや、いいんだ」小熊はさらりと言った。「感情をいっぱい持ってるんだ。それだけ人間的だって証拠じゃないか」

「私って、役者に向いてるでしょうか?」

小熊はそれに答えず、「手押し車のエピソードは面白かった」と歩きながら言った。「遠藤に話してもいいか。ヒロインの回想として、どこかに組み込むと効果的かも」

「じゃあ、私はやっぱり主役ですか?」

小熊は足を止めて私に向き直った。

「私は私は、はもう止めよう。むしろ自分を消していくべきだ。観客が見るのは君ではなく君の背後にあるフクシマの影だ。君自身が前に出すぎると影が消えてしまう。むしろ背後の影に自分を溶け込ませていくよう心がける。それがつまり、君らしさなんだ」

先日とはまるで逆のことを言い出し、私を戸惑わせた。先日は君自身でいろと言い、今日は自分を消せと言う。どちらにしても小熊の言い方は抽象的すぎる。自分を消すとは具体的にどうすればよいのだ。

私が黙っていると、「被災地で俺が撮ってきた映像を見るか？　未編集だからだらだらと長いだけだが」と誘う。そのまま後ろをついていくと、小熊の4WDに乗せられてしまいあれよあれよという間に彼の実家に連れられてしまった。ひょっとして拉致されたのかも。まあいい。どうにでもなれと、妙に腹が据わってしまった。

小熊の実家は農家だった。里山っぽい風景のなかに、新築したばかりの母屋と古臭い納屋が並んでいる。納屋の二階が合宿所になるという。軽トラックやトラクターが置いてある一階から木の階段を上ると畳敷きの部屋がふたつ。襖を外すとちょっとした広間だ。

靴を脱ぎ、籾殻と肥料の匂いが漂うなかに足を踏み入れる。天井からぶら下がっている裸電球。部屋の奥には蒲団が積まれ、トランクやスーツケースやごちゃごちゃした機材が雑然と置かれてある。

「昔はここが俺の部屋だった。農家の離れってのは不良のたまり場でな、俺もたいていの悪いことはここで覚えた」

小熊の顔に不良少年の面影が浮き出て、しゃべり言葉にも田舎訛りのアクセントが強くなった。どこにすわったらいいか困っている私に、小熊は座布団を投げてよこした。小熊は「たいていの悪いこと」と言ったが、そこには異性交遊もふくまれるのだろうか。よからぬ想像をめぐらしている自分がすでに不良みたいだ。

「合宿が始まったらここがスタジオにもなる」と、小熊はパソコンとプロジェクターをセットし、何十枚とあるＤＶＤから一枚を選び、カーテンを閉じても充分に暗くはならない部屋のなかで、薄汚れた白壁に映像を投射した。

私は座布団の上で体育座りになり、膝を抱えた。よく見れば畳にはいくつも煙草の焦げ跡がある。高校時代の小熊が残したものだろうか。指先で焦げ跡をなぞると、ぞくりとする感覚が背筋を走った。

私が住んでいた町が映し出された。商店街をゆっくりと走り抜ける車の窓から撮影された風景。音もなく、風景は淡々と白壁の上を流れていく。奇妙なくらい、懐かしさは込み上げなかった。映像はざらざらとして、ひたすら無気味だった。道路はひび割れていたり陥没していたり、壊れた家があったり崩れた橋があったり、けれど目に見える破壊はさして心に響かない。そうじゃなくて、映像がひたすら静かなこと、人影のないことの異様さが胸に迫った。黒い水のような不安が、ひたひたと胸に満ちてくる。映像と記憶が重なるようで重ならない。慣れ親しんだ町が見知らぬ町のようでもある。まるで死んだ後に見る光景みたいな。

不意に音楽が鳴り出す。聴き慣れたメロディ。町民の歌だ。カメラは音の出所を探してぐるりと一周し、防災無線のスピーカーをとらえる。町民が避難した後も、決められた時間に放送が流れるようセットされたままなのだ。無人の町に流れる町民歌。なんて非現実的な世界なんだ。

小熊を見た。小熊は窓際に寄りかかり、火のついていない煙草をくわえてもっさり背中を丸めている。ホラー専門の映画監督がどうしてフクシマの映画を作ろうとしたのか、わかった気がした。

私が通っていた高校が映し出される。うっすらと雑草に覆われた校庭。泥だらけのボールが転がっている野球部のマウンド。剣道場の前には、剣道着がハンガーに干されたまま風に揺れている。見たところ校舎に傷はないが、カメラが教室の窓ガラスに寄ると、乱雑に倒れた机や椅子や、乾いた泥のこびりついた床が映し出される。

「ドキュメンタリーを撮ろうと潜入したんだが」小熊が話し出す。「死んだ町をいくら撮ったって意味ねえぞって思い直した。死の町に生命を吹き込む人間がいなくちゃってな」

「それが私ですか？」

「最終的な判断は遠藤にまかせてある。サポートをするのは俺の教え子だ。心配するな、選りすぐりのエリートを送ってやる。俺の役目は学校と交渉してワークショップの枠組みを作ることだが、その役目は終わった」

小熊は立ち上がり、プロジェクターの前に立った。彼のアロハシャツに海の映像が重なった。打ち寄せる波濤が私に迫ってくる。私は膝を固く閉じたが、小熊は裸電球の明かりを点けただけだった。

「学校が夏休みの間、俺は東京に戻る。新作を撮る予定が入っててな。俺は伊藤が主役でいいと思ってるし、遠藤にそう伝えてある。後は伊藤、お前のやる気次第だ」
なにそれ？　寝耳に水。今度こそ本当に、私は突き放されてしまった。

4

小熊は私を理解してくれる。その安心感があったからこそヒロインを演じる決心もついたのだ。しかし小熊がいなくなると知って心は揺らいだ。誰も私を騙してはいないのに、なんだか騙されたような気分だ。

勝手に東京へ戻ってしまった小熊には腹が立つ。しかし帰ってきてと口にすればまるで私が小熊を好きみたいでそれも悔しい。彼が私を女として見ていないのはわかっていた。でなければ農家の離れでふたりきりなのに何もないなんて信じられない。

しかし指一本触れなかったのかというとそうでもなく、４ＷＤから下り際に、彼は手を伸ばしてきて私の頭をポンと軽く叩いてくれた。そのポンが何を意味しているのかわからないが、とにかくポンの感触は身体に残っている。ポンの記憶が、張り合いをなくして悄然としている私を映画に引き止めていた。

最初の説明会の数日後に、新しい出会いもあった。

「写真部によるフクシマ映画『海が見たい』の音楽担当募集　作詞作曲のできる方」と、廊下に貼ったポスターを目にして応募してきた男子が、私の後輩だったのだ。

遠藤からの連絡を受けて、私は写真部室に向かった。ドアを開けると短髪で運動部ふうの男子が振り向き、「こんちわ」と軽い挨拶をした。まったく見知らぬ顔なのに懐かしさが込み上げた。生き別れの弟に出会ったような気分だった。

秋本明雄は、私と、もといた学校が同じだった。学年はひとつ下で、私よりひと月遅れで転校してきた。同学年で前の高校からの転校生は自分ひとりという孤独な身の上は、彼も私と同じだった。

その日、伯母が働いている喫茶店に私は明雄を誘った。コーヒー代が他より高いので高校生は寄りつかないが、私は従業員の身内として家族割引を適用してもらえる。

伯母はカウンターの向こうで、「あらあら」と目を丸くした。

明雄は飄々《ひょうひょう》とした子だ。冗談を盛り込みながら、おもしろおかしく前の学校の思い出を語った。明雄の思い出話を聞くのは楽しい。いい学校だったよなあと素直に思える。自分で思い出すと切なくなる。哀しくもない思い出なのに哀しくなるから困る。

それから話は震災当日の話になる。

地震が始まったとき、明雄は学校にいた。私と同じだ。その日は午前中に春休みの特別授業があり、午後はそれぞれ部活動をやっていた。そこへ巨大地震が襲ったのだ。

覚えている。ケータイがビィビィ鳴り出し、開いてみると緊急地震警報だった。くるぞくるぞと身構えていたら足下がぐらつきだした。揺れはどんどん激しくなり、いつまでも終わらない。うそ、うそ、うそと心のなかで叫んでいた。

「私は体育館にいた。もの凄い揺れで窓ガラスが鳴り響くのが悲鳴みたいだった。あちこちでガラスの割れる音も聞こえて、女子は叫び声を上げるしで、天井が落ちてくるんじゃないかって本気で心配した」と私。

「俺はサッカー部の練習で校庭にいた。立っていらんなくて、校庭の中央にみんなで固まってた。揺れるってレベルじゃなかったですね。遊園地のコーヒーカップみたいに地面がぐるんぐるんで。おいおい、ですよ。コーチが地面に怒鳴ってましたもん。いい加減にしろよこらあって。街のほうから地鳴りの音が響いて、家の崩れ落ちる音が雷鳴みたいに轟いて。空が土埃で黄色くなったんです。やっと揺れが収まったら、わらわらと体育館から人が出てきて」と明雄。

「そのなかに私もいた。急に空が曇ったでしょ。太陽の前を雲が流れて、雲を透かした光が青くなったり黄色くなったりオレンジ色になったり、見たこともない不思議な光で、ああ、これが天変地異なのかって、ひたすら怖かった。それから吹雪が始まって」

「野球部のやつがあれ見ろって指差したんです。そしたら、地面から黒い水がじわじわ湧き出てくるじゃないですか。まじかよまじかよってみんな大騒ぎ。なんだよこれ、ほんとうに現実なのかよって」

私たちの高校は災害時の避難場所になっていた。町の人が続々と避難してくると、私たちは椅子や机をかたづけたり毛布を運んだりと忙しく働いた。同じころ、明雄はサッカー部の仲間と手分けして町をまわり、高校に避難するよう町の人に呼びかけていた。

「びっくりですよ」と明雄は言う。「今朝まで二階だったのが、一階が潰れて目の高さにあるじゃないですか。人の声がするんで窓をぶち抜いたら、なかで爺さんが腰抜かして、婆さんは入れ歯を探してたり。そういう人たちを助けてた。津波警報を聞いたのはそんとき。でもまさかですよ。ほんとまさか」

「びしょ濡れで避難してくる人が増えて、教室の床が泥だらけになって。津波のことはその人たちから聞いた。逃げ遅れた人もけっこういるよ、四、五人なんてもんじゃないよって話が耳に入って、まさかまさかって、膝が震えてきた」

「それから俺たち、高校から中学校に移動したじゃないですか。先輩もそのなかにいました？あれって、原発からなるべく俺たちを離しておこうって判断だったのかも。中学校って線路の向こうだし」

「原発がやばいかもって、私も聞いた。それより私は、中学校の裏山が崩れたらどうすんのって、そっちの心配をしてた」

「窓を開けるな、外に出るなって先生が注意してたのも、放射能漏れの情報が入ってたからでしょ。先輩も中学校にひと晩いたんですよね」

「部室から持ってきたお菓子を食べながら、部員とおしゃべりしてた。親とは連絡とれないし、家のことも心配だったけど、なるべく顔には出さないようにして、暇潰しに早口言葉を競ったり、アニメの名場面を再現してみたり」

「暗くなってから俺、友だちとこっそり外に抜け出したんです。そいつ親が東電なんで、いろいろ心配なんだろうなって、つき合ってやったんですけど。停電で真っ暗な道を歩きながらそいつ、飛行機に乗ったってすごい量の放射線浴びてんだよとか、ＣＴスキャンだってやばいんだとか、そういう知識をいろいろ話して、なんか、怒ってるんですよね。なんで怒ってんのか、そんときはわからなかった」

「実は私も抜け出してた。街がどうなってるのか見たくて、三人の部員と、ちょっとした冒険のつもりで。放射能はあんまり心配しなかった。歩きながら恋の悩みとか聞かされたし。いつどうやって告白するのがいいかって真剣に話し合って。いま思うと脳天気だったなあ。四月になったら学校が始まるって信じて疑わなかったし」

「街には行けたんですか？」

「線路をまたぐ陸橋があったでしょ。陸橋を渡って駅前に出るつもりでいたのに、その陸橋が壊れてるのを見て、唖然として、こりゃ駄目だって引き返した。そうしたら、どこからか歌声が聞こえてきたのよ。まっ暗闇の田んぼの奥から。しかもそれ、サザンの『ＴＳＵＮＡＭＩ』よ。なんて不謹慎なやつだろうって、みんなで呆れてた」

「あ、それ俺です」明雄の声が弾んだ。身体ぜんたいが弾み、腰を浮かせて前のめりになった。

「田んぼのまんなかで歌ってたの、俺です。友だちを励ましてやりたくて」

「あのねえ、励ますって、『TSUNAMI』はないんじゃない？」

「すげえうれしい。誰もいないと思って声を張り上げたのに、先輩の耳に届いてたんだ」

「まあねえ。あまりにも素っ頓狂な声だから、私たちも大笑いしたけど。そうか、あの歌声は秋本君だったんだ」

それが、私たちの最後の夜になった。翌日に私たちは散り散りになり、二度と会えなくなるなんて誰も予想しなかった。地震がこようが津波がこようが、私たちの日常はずっと続いていくものと信じていた。

しかし、あの日を境に何もかもが変わった。時間は後戻りできないという当たり前で残酷な自然法則を、私は生まれて初めて、肌身に染みて知ったのだ。

店内に流れていたクラシックのBGMが止まり、代わりに『TSUNAMI』が流れ出した。振り返るとカウンターの向こうで伯母が微笑んでいた。

「自粛してたんだけどね、今日は特別サービスよ」と。

曲が流れている間、明雄は沈黙していた。じっと何かを堪えて、テーブルの一点を見つめていた。明雄の頭のなかにあの日の夜空がある。それが私には見える。停電のおかげで完璧な夜空が広がっていたのだ。あの夜空を私たちは共有していたのかと思うと、それがささやかな奇跡のように思えた。

奇跡は起きるのだ。そう信じたい。ほとんどの場合、人に気づかれないまま終わってしまうだけなんだ。どんな奇跡も気づかなければないのと同じ。けれど気づいたときに、初めて奇跡は人を救う力を持つのだ。

5

一学期の期末試験が終わり、夏休みに入る五日前に、私たちをサポートする四人の専門学校生が東京からワンボックスカーでやってきた。

放課後、自転車に乗って小熊の実家に移動すると、彼らは線量計を持って庭のあちこちを測定していたところだった。四人とも男性。縁側では小熊の両親が仏頂面で腰かけ、ことの成り行きを見守っていた。

脚本はほぼ書き上がり、配役も決まった。私はヒロインで確定。この農家が私の避難先になり、小熊の両親は私の祖父母になる。もちろんふたりとも演技は素人。突然帰郷した息子が面倒な頼み事を押しつけて東京に戻ってしまったのだから、仏頂面になるのも無理はない。みんなで小熊の両親に挨拶をしたが、ふたりは人の好さそうな顔に困惑の笑みを浮かべて繰り返し頭を下げていた。

納屋の二階に上がりミーティングを開く。畳の上で車座になり、懸命に首を振る扇風機の風を受け、飛び交う蠅をうちわで払いながら四人の学生たちの話を聞いていると、前の学校で演劇部だったころの、集団でひとつの目的に向かっていく熱っぽい空気が甦り、私はいっときの幸福感に浸った。

ただし、彼らは虫が好かなかった。やたらフレンドリーな笑顔を振りまいていたが、女子高生を物色しにやってきたような嫌らしさがけっこう目についたし、遠藤がそれに呼応してやたら媚びるような態度をとるのも不愉快だった。何か、汚ならしいものが映画制作に持ち込まれた気がした。

初日のミーティングは、映画制作の実際的なレクチャーとスケジュール確認、スタッフの担当分けをして終わった。

発表されたロケの予定地を聞いて驚いた。阿武隈越えの最終目的地は母が住んでいる町だったのだ。映画のなかでヒロインたちは、自転車でひたすら走りながら見知らぬ人と触れ合い、助けられたりする。もちろん実際に自転車で山越えをするわけではなくシーンを繋げてそう見せかけるだけだが、とにかく、私たちは海を目指す。

予定では、母のいる町で私たちは一泊する。時間が空いたら母に会いに行こう。そのアイデアが浮かんだとき、映画のヒロインと私はひとつになった。自分の意思だけでは母に会う勇気は湧いてこなかった。私は電話ひとつかけられずにいるのだ。しかし、映画が私の背中を押してくれた。これは映画なんだと思えば勇気は湧いてくる。

最後に、母屋の縁側に全員で並び記念撮影をした。記念写真というのは、それだけで一種の祝福だ。私がここにいるという幸福をみんなで分かち合った証明だ。

「撮影が終わったら、もういちどここで記念写真を撮ります」学生たちのリーダー格である関野龍彦が言った。「その日を目指し、力を合わせて頑張りましょう」

もちろん、私もそのつもりでいたのだ。


夏休み初日、クランクイン。

避難先となった母の実家にヒロインが初めて訪れ、祖父母に挨拶をするシーンを撮る。

カメラが回り出すと途端に汗が引いた。空気が薄くなり、太陽が肌に冷たかった。足が地面に釘付けされたように最初の一歩が踏み出せない。両手にトートバック、背中にリュックサックという格好で立ち尽くしていた。カメラは辛抱強く回り続ける。途方に暮れている私に誰も助け舟を出してくれない。

三分も立っていただろうか。ポンと、小熊の手が私の後頭部を軽く叩いたときの感覚が甦り、身体が動き出した。いや、立ち尽くしている私を置き去りにして、もうひとりの私が勝手に歩き出したのだ。うわ、自分がずれた、と慌てた次の瞬間には、私はひとつに戻っていた。それからはすんなり身体が動き、祖父母役の小熊の両親を前にしても、あがらずにセリフを言えている自分がいた。

あとで遠藤に「よかった」と誉められたが、幽体離脱で窮地を脱したなんて言えなかった。モニターでチェックしてみると、私が動けずにいた時間は三十秒ほどだ。歩き出してからも、客観的に見る私の動きはぎこちなく、痛々しいくらいだった。セリフもぼそぼそとして聞き取れなかったが、関野は「これでいい」とOKを出した。「心に問題を抱えたヒロインが潑剌《はつらつ》としてちゃまずいだろ」と。

続く昼食のシーンは本当の昼食を兼ねていた。たくあんを嚙《かじ》るコリコリいう音が無闇に大きく響いた。ニュース番組が三陸の町に襲いかかる津波の映像を流し出す。箸を止めてテレビを凝視している私に気づき、祖父がリモコンで電源を切る。それだけのシーンだが、撮り直すたび私の茶碗にご飯が盛られるから、私はお腹が苦しくなった。

午後になり、小熊の両親は軽トラックに乗って農協へ出かけていった。スタッフは里山の風景を撮りに出かけ、私ひとり小熊の家に残った。午後はあとひとつ裏庭のシーンが残っている。いまはもう使われない古井戸の蓋を開け、小石を落とす。水音が反響し、暗い井戸の底で、水面に映った私の顔が波紋に揺らぐ。水音の残響は尾を引き、増幅され、やがて津波の轟きとなって私を襲う。

床の間がある座敷で、私は座布団をふたつ折りにして枕にし、ひんやりとした畳に寝そべる。目を閉じて演技のイメージトレーニングをする。津波のトラウマに苦しむってどういうものか想像してみる。静まっていく肌が、庭に降り注ぐ蟬の声を吸い取っていく。吸い取るほどに身体は軽くなり、自分が宙に浮いているように錯覚してしまう。

人の声がして目を開いた。庭に黒い人影があり、レジ袋を持ち上げている。関野だ。

「伊藤さん、アイスがあるけど、食べる?」

「あ、すいません。食べます」私は立ち上がり、ふらつきながら縁側に向かう。

縁側の日なたを避け、日陰との境界線に膝小僧をそろえて、私はレジ袋を覗く。練乳のかき氷を選び、縁側に腰かけて棒アイスを囓っている関野の背中を見る。

国立大学を卒業し、一流企業の内定をもらっておきながら映画の道を志し、専門学校に入り直したという人だ、と遠藤が言っていた。

庭はやけに明るく、監督椅子がぽつんと置かれている。

「お、アリジゴク」関野は足元を見下ろし、「きれいなクレーター」と背中を丸めて見入っていた。この人も少し変だ。

「どういう映画が好きなんですか」と訊くと、関野は「アンドレイ・タルコフスキー」と答えた。

「知ってる?」と訊かれ、「いいえ」と肩をすくめた。

「惑星ソラリス・鏡・ストーカー・ノスタルジア・サクリファイス」どれも聞いたことがないが、映画名らしい。「ロシアがソ連だった時代のソ連人。でもフランスに亡命したんだ。ソ連じゃ検閲が厳しいし、タルコフスキーの映画は反体制的だし。でも政治的な映画じゃない。映像の詩人って呼ばれたくらい、核戦争を扱っても映像はきれいだ。僕は小熊先生が書いたタルコフスキー論を読んでこの人の講義を受けようって決めた。小熊先生は評論も書くから。作る映画はB級でも文章は鋭いんだ。あのままにしておくのは惜しい人だな。ホラー映画なのに無駄に映像がきれいだったり、表現が難解だったり。タルコフスキーへのオマージュなんだろうけど、才能の無駄遣いだ。伊藤さんも一度くらい見ておいたほうがいいよ。DVDを貸そうか。いまは遠藤さんに貸してあるけど」

アイスの棒をくわえて関野が振り向く。

「小熊さんの映画ですか?」

「まさか、タルコフスキーのほうだ」

小熊を見下した言い方にむっとして、私は返事をしなかった。

腕を這い上る蟻に気づき、関野は乱暴に手で払った。

「正直、小熊先生って人が僕にはよくわかんない。僕は東京の反原発デモにはよく参加するんだ。小熊先生は福島出身なのにデモを嫌う。僕が誘っても行き先はデモじゃなく居酒屋。そのくせ母校で原発事故の映画を作ろうって言い出すんだから、矛盾してる」

「関野さんは、自分からこのワークショップに志願したんですか?」

「いや、小熊先生に指名された。本当は、被災地でボランティアをするつもりだった。泥まみれになった写真を洗浄して持ち主に返す仕事。あれに興味があって」

「小熊さんは、選りすぐりのエリートをよこすって言ってました」

「いい加減なんだ、あの人。デモに行かない理由を訊いたら、『俺が反原発デモに参加したと聞いて傷つく人がいる』からだって。親族か友人に東電の社員がいるんでしょ、きっと。人類史的事件とか言っておいて、そういうローカルな感情論にこだわるのっておかしくないかな。原発事故で心が傷ついた人は無数にいるんだ。僕は闘うけどね。このワークショップだって僕にとっては闘いだから」

闘いなんだ、と私は内心で驚いて、でも表情には出さなかった。

庭先から話し声が聞こえてきて、遠藤を先頭にスタッフが帰ってくる。学校では地味な遠藤が、まっ赤なタンクトップにショートパンツだ。

「お疲れさま」と私は軽く手を振る。「冷蔵庫にアイスがあるよお」という関野の声に、スタッフは歓声をあげて玄関になだれ込んでいく。遠藤は私と目が合い立ち止まり、何を勘違いしたのか微妙にしかめ面をした。スタッフから離れてまっすぐ縁側に向かい、関野のとなりに腰かける。私から関野を奪うように。カメラのモニターを開いて撮影したばかりの映像を再生し、顔を寄せて関野の意見を求める。

何なんだ、この距離の近さは。ふたりの背中を後ろから眺め、なんか変だなと思った。恋愛がしたいのなら個人の自由だし邪魔立てはしないが、それとは別に嫌な予感がしたのだ。

翌日は教室での撮影。

校舎はがらんとしていたが、国立大志望の受験生を集めた特別授業の教室だけは別。昼休みにゲリラ的に撮影を敢行する。私と、私の友だち役の演劇部員三人が教室の一角でお弁当を広げ、将来の夢を語り合うシーン。ヒロインには夢がなく、どのような将来も思い描けずに悩むのは青春ドラマにはお決まりの設定だ。

アドリブでいいというからアドリブで話した。

「果たせなかった夢ってどこに行っちゃうんだろうね」ふと浮かんだ言葉をそのまま口にする。自分で話しながら、声は別のところから聞こえてくるようだった。

「どこにも行かない。消えちゃうんだよ」友だち役のひとりが言った。

「夢が輪廻して別の人の夢に生まれ変わるとかさ」と、別のひとり。

「だからさ、叶わない夢も無駄じゃないんだよ」もうひとりがうまくまとめてくれた。

演劇部員の三人はみんな華があってかわいい。滑舌もいいし、自分を表現するのがうまい。彼女らのうち誰がヒロインを演じてもおかしくない。三人ともそれを知っていて私をフォローしてくれる。撮影前に私にメイクをしてくれるのも彼女たち。彼女たちのおかげで、私も少しはましな顔になってカメラの前に立てるのだ。

撮影を終えて解散した後、彼女たちと公会堂の喫茶ルームに寄り道した。何といっても、私たちは高校演劇部の同好の士だ。昨年の高校演劇コンクールは共通の話題だった。私たちは県大会で競い合った仲なのだ。表舞台と裏方という違いはあるが、裏方あっての舞台だということを彼女たちは忘れていない。

「でもさあ、伊藤さんの高校は残念だよねえ。伊藤さんの『果たせなかった夢』ってセリフを聞いたとき、胸にグッときたもんね」

「『夢が輪廻して』ってセリフもよかった。とっさによく思いついたね」

「アドリブはまかせて。頭のフットワークは軽いんだから」

「『輪廻』って、英語でリーンカーネーションだっけ?」

「どうして?」

「関野さんが英語版を作りたいって話してんのを小耳にはさんでさ。知ってる、関野さんの野望。〈海が見たい〉を海外で上映したいんだって。それだけじゃない、究極の夢はバチカンに招待されてローマ法王と握手」

「うわ。じゃあ私たちっていきなり海外デビューだ」

「関野さんだったら英訳の字幕を入れるの朝飯前だもんね」

おしゃべりに熱中しながら、ふと自分に違和感を覚える。他愛なく笑いながら、まるで笑わない自分が心のなかで瞬きをしている。「野望」って何? 関野の「野望」のために映画を作ってるんじゃないのに。

「伊藤さんは誰がいい?」

不意に問いかけられて我に返る。話題は四人の専門学校生のなかで誰が好みかという話に移っている。うっかり「小熊さん」と答えると三人は大笑いした。「たしかに癒し系だもんね」と。

そんなに笑うことだろうか。

「でも関野さんと遠藤がつき合ってるって本当かな?」

「なにそれ?」

「関野さんのマークXに遠藤が乗ってたって、複数の目撃情報」

「違うよ。遠藤がしつこいから関野さん適当にあしらってるんだよ。関野さん、電通の内定をもらっておいて専門学校に入り直したんだよ。電通よ電通。そういう人が遠藤を本気で相手にすると思う?」

「映画が完成したら遠藤なんてポイだよねえ」

「でも最近、遠藤って変わったよね」

「見た? 今日の遠藤の制服。スカートがすごく短い」

「そうそう、なんてわかりやすいんだろ」

三人は手を叩いて笑ったが、私は笑えなかった。かわいい子がかわいくない子の恋愛を笑うのは残酷だ。私まで同調することはできなかった。

6

夏休み五日目。

青天の霹靂《へきれき》だった。いや、雨の日だったから青天と違う。けれど霹靂はあった。足元に雷が落ちたくらいの衝撃はあったのだ。

その日は雨のために撮影は中止。教室のシーンだったのに雷鳴が邪魔をした。代わりに視聴覚室でミーティングが開かれた。それまで撮影した未編集の映像をスクリーンに映し感想を言い合った。いいんじゃない、というのが大方の意見だった。淡々と流れる時間のなかで、ヒロインが畑仕事や台所仕事を手伝いながら心の傷を癒していく様子がドキュメンタリータッチで描かれている。

「感傷的すぎないかな？」疑問を投げかけたのは遠藤だった。「夕焼けのシーンって要るかな。この町だって放射能に汚染されたのに、夕焼けをきれいに撮ることが正しいことかな。叙情べったりで問題の本質が隠れちゃった気がしない？」

遠藤は私たちに意見を求めたが、私たちは遠藤の言いたいことを理解できなかった。どういう変化だろう。夕焼けの撮影ではきれいきれいと遠藤がいちばん喜んでいたのに。

「脚本が甘いと思わない？」遠藤は自己批判を始めた。「もう少しテーマを押し出さないと何を伝えたいのか見えてこない。主人公も何を考えてるのかわからないし。いや、伊藤さんが悪いんじゃなくて脚本を書いた私が悪いんだけど。それで、実はもう書き直してます。書き加えたシーンがありますし、セリフも変わってるので目を通してください」

何？　この独断専行的な展開。しかも事後承諾？　胸騒ぎがした。さっそく配られた新しい脚本を読み進めていくうち、胸騒ぎは的中した。これはもう「私の映画」じゃない。

私は遠藤を見て、それから関野を見た。関野はパイプ椅子に浅く腰かけ、我関せずというふうに自分のつま先を見ていた。

前半のクライマックスとして書き加えられた放課後のシーンでは、私は三人の演劇部員を前に絶叫している。抑え込んでいた本音を爆発させる大演説だが、これのどこが本音なのだろう。世間に飛び交っている言葉を組み合わせただけ。他人の怒りじゃないか。少なくとも私の言葉じゃない。「君はただ君自身でいることだけを考えればいい」という小熊のやさしい言葉なんか山の彼方に吹っ飛んでしまった。

三人の演劇部員を振り向いた。彼女らは新しい脚本を読み込もうとしてひたすら下を向いていた。

「これは違う」私は抗議の声をあげた。「私は『原発は悪魔の工場』なんて言わない」

「そうね。伊藤さんは言わないかもしれない。でもこれはセリフだから」

遠藤はとんでもない馬鹿を見るような目で私を見返した。

「その下の『大人たちが日本を原発だらけにしたんだ』とか、『原発を動かしてきた人はみんな犯罪者』とかもそう。私は、こんなふうに考えたことは一度もないから」

「じゃあいまから考えて。それが役作りでしょ」遠藤は涼しい顔だ。

「役作りなんてできない」君は君自身でいろ、小熊は私にそう言ったのだ。

「どうして？　演劇部だったんでしょ。裏方だったからできないなんて言わないでよ」

「違う。これは私の言葉じゃない」

「伊藤さんは考えてなくとも、考えている人は世界中にたくさんいる。世界中の人が共感してくれるはず」

「それで？　ローマ法王と握手したいの？」

「はあ？」遠藤の顔色が変わった。「ばっかじゃない？」

絶句した。

私だって原発が憎い。世界中から消えてなくなってほしい。原発事故さえなければこんな酷いことにはならなかった。家族はばらばらにならなかったし、同級生も散り散りにならなかった。屋根瓦さえ修理すればいくらでも住める家に住んで、平凡な高校生活を送れたのだ。雨に濡れたって平気でいられた。ちょっと鼻血が出たり下痢したくらいで不安にかられずにすんだ。髪の毛がごっそり抜ける夢を見て夜中に飛び起きることもなかった。

それでも、あからさまに誰かを攻撃してうさ晴らしをするような真似はしたくない。私は、悲しみに沈んでいる人たちに元気を分けてあげたいって遠藤が言うから映画制作に参加したのだ。散り散りばらばらになった家族や友だちに自分を見てもらいたかったのだ。彼らに向かって心にもないことは言えない。いくらセリフだからって言えないことは言えない。映画は悪者を探して叩くための道具じゃない。正義ってそういうものじゃないはず。正義のためなら誰かを傷つけていいというなら、そんな正義は私はいらない。

「無理」私は脚本を閉じた。「これじゃ私は無理」

「それでどうするの？」と遠藤は言った。「チームワークを乱さないでよ」

「チームワークって？」

関野が割って入った。「脚本はこれで決まりというわけじゃないから。撮影を進めながらどんどん脚本を変えていくのはよくあることだから。試行錯誤しながら最終的にいいものが作れたらいい。今日はこれで終わりにしましょう」

解散後、さっさと玄関に向かおうとした私の袖を演劇部員がつかまえ、演劇部室に引っ張り込んだ。興奮の醒めない私の前に、三人はスナック菓子やジュースを広げて慰めようとした。ここの部室にはなんと冷蔵庫があるのだ。

「遠藤は関野さんに洗脳されてる」というのが三人の見解だった。私も同感だ。

「なんかさ、私たちの映画だったのに東京の学生に乗っ取られちゃった気がしない？」

「するする。遠藤は関野さんの意のままだし。考えてみれば遠藤も哀れだね」

「専門学校生を後ろ盾にしているつもりだから、遠藤は何を言われても余裕だ」

「新しく盛り込んだセリフってネットから拾ってきたんだよ。使い回された言葉なら共感は呼ぶだろうけど、新鮮味はないね」

三人は口々に遠藤の悪口を言い合い私を宥《なだ》めようとする。孤立してないんだと思うと涙がこぼれるほどうれしい。けれど、彼女らのやさしさも人の悪口という形をとるのかと思うと、それも哀しかった。誰かを悪者にして優越感に浸るんじゃや、ネットで暴言を吐いて自己満足してる反原発論者とたいして変わらないじゃないか。

「小熊さん帰ってこないかなあ。小熊さん言ったよね。『福島県の高校生としていま・ここにいる意味を問い直せ』って」重いため息をついてしまった。

私の声はよほどしみじみしていたらしく、三人がいっせいに私に注目した。

「そう言えば伊藤さんって小熊ファンだったよね」

「ああ、ここにも哀れな人がいた」

四人で笑った。笑いながら、私は哀しかった。

三人にも話さずにいたことがある。私がなぜ、書き直されたセリフを言えないのか。ある人と約束したからだ。彼女の名前は知らない。話をしたのも一度きり。私と同じ体育館で避難生活を送っていたということしか知らない。

その人は体育館の裏、ひと気のない場所にしゃがみ、ケータイで誰かと話をしていた。私は自分のケータイを盗まれて以来、ケータイを持っている人を見ると誰彼となく疑いの目を向けていたから、それとなく歩み寄り、彼女のケータイが私のものに似ていると確認すると、彼女が話し終えるのを待って、大胆にも話しかけたのだった。

当時はケータイを取り戻すのに必死で、人の迷惑なんか顧みる余裕がなかった。しかしそのときは、彼女が顔を上げた瞬間に後悔した。彼女の目の縁が赤かったのだ。

彼女のケータイは私のものと違ったが、彼女は気を悪くする様子もなく、「ガム食べない？」と私にキシリトールガムを差し出した。それがきっかけとなり、私は彼女のとなりにすわり話を聞くことになった。年齢は二十歳を少し過ぎたくらい。緑色のハイネックのセーターを着ていた。黒髪が長く、きれいな人だった。

「たったいま、婚約を破棄されちゃった。婚約といっても口約束なんだけどさ、でも本気だったんだよ」と、彼女は洟《はな》をすすった。「ごめんね、重い話で。でも、誰かに聞いてもらいたくて」

彼女の婚約者は東電に入社して一年目の若手で、福島第一原発に勤務していたという。震災が起きていったんは避難したものの、すぐに現場に呼び戻され、自衛隊の車両が通行できるよう敷地内に散乱した瓦礫を撤去する作業を命じられた。力仕事だ。爆発した原子炉建屋は目の前。防護服なんて意味がない。毎日毎日、死を覚悟して現場に入っている。

「毎日、Jヴィレッジで休憩している間にこっそり私に電話をよこすの。本当は仕事の話を外に漏らすのは禁止なんだけどね。彼、もう絶望してる。相当な被曝をしてるのに逃げ出せない。逃げれば事故処理が遅れてしまうからって。長生きはあきらめた。子どもも作れない。だから結婚は考え直そうって、たったいま言われた。なんかさ、泣きたいんだけど泣けない。泣いたら彼に申し訳ない気がして。あのさ、自衛隊の活躍にはみんな喝采を送るけど、東電の社員が死ぬ気で働いても当然と思ってるでしょ。でもね、彼は入社一年目なのよ。どんな責任があるっていうの。どうしてこんなことになっちゃったのかな。内定もらえたときは一生安泰だって万々歳だったのに。人生ってわかんないね」

泣けないと言ったのに彼女は膝頭に顔を伏せて泣き出し、そのとなりで私も泣いてしまった。携帯電話いっこで狼狽している自分って、なんて小さいんだろうと思った。

「約束して。みんなが怒るのも無理はないけど、彼みたいな人もいるんだって忘れないで。死ぬ気で働いてるのに、そのうえ差別までされちゃあ、彼があんまりじゃない」

彼女の姿はそれからも体育館内で見かけることはあったが、話をする機会のないまま、いつの間にか消えてしまった。

私は書き直された脚本を読んで、彼女との約束を思いだしたのだ。

こんな話は誰にもしたくない。話をしたって、だから原発は危険なんだと単純な結論で終わってしまう。彼女はそんな意味で私に打ち明けてくれたんじゃない。この話にはもっと深い意味があるはずなんだ。その意味を汲み取れるまでは、この話は誰にもしゃべらない。

翌日は最悪の日となった。再び書き直された脚本は私の意見を反映するどころか、さらに神経を逆撫でするものとなった。

新たに加えられた教室のシーン。この日の撮影には秋本明雄も見学にきていた。主題歌を作るために撮影現場の雰囲気をつかんでおきたいということらしい。昨日の遠藤との口論を引きずり落ち込んでいた私に、後輩の存在は心強かった。みっともない真似はしないと自分に言い聞かせたのだ。

しかしリハーサルの開始早々、またもや私は新しいセリフにつまずいた。

「私、赤ちゃん産めるのかな?」

それは放課後のシーンで、保健体育の教科書を手にしたヒロインがぼそっと呟くのだ。

赤ちゃん?

「おかしい」私は声を尖らせた。「これって飯舘村の小学生の言葉よね。そのまま借りてきただけでしょ。何なのこの唐突感。十七歳の恋愛経験もろくにない女の子がいきなり赤ちゃんの心配する?」

「心配してよ」遠藤は真顔で言い返した。「想像してよ。チェルノブイリの周辺で奇形の赤ちゃんがたくさん産まれてるでしょ。それを我が身に置き換えてよ」

なんて安易なんだろう。なんて安易に、人の苦しみや悲しみに手を伸ばすのだろう。

私は立ち上がり、遠藤に詰め寄った。遠藤は椅子にすわったまま、腕組みをして私を見上げた。切り揃えた前髪がふたつに分かれ、広いおでこが現れた。私は手を伸ばし、遠藤のおでこをぽんと突き飛ばした。力を込めたつもりはなかった。なのに、遠藤の顔がふわりと遠のき、そのまま仰向けに倒れていき、あっという間にひっくり返ってしまった。

かなり派手な音がした。遠藤も驚いたろうが私もびっくりした。スローモーションで時間は流れ、めくれたスカートの下から現れたパンツの色まで目に焼きついた。スカートを押さえ慌てて起き上がろうとして、椅子に脚をからませさらに転ぶ。四つん這いの格好で遠藤は振り向き、眼鏡がずれたままで私を睨んだ。

慌てて手を差し伸べたとき、誰かが私の手を払った。演劇部員だ。「これ以上の暴力は止めて」彼女は私の肩を押した。私はよろけて机の角に尻をぶつけた。誤解だ、と言おうとして声が出なかった。私は遠藤を助け起こそうとしたのに。

孤立してしまった。救いようもなく孤立してしまった。

「もう辞める。さよなら」

そう叫んで、廊下へ飛び出していた。

すべては終わりだ。もう取り返しがつかない。阿武隈を越えて母に会いに行く秘かな計画も流れた。せめてもの救いは母に何も知らせてなかったことくらいだ。

ぼろぼろ涙を流して足早に立ち去る私を明雄が「先輩、先輩」と追いかけてきた。明雄の存在がありがたくて、ありがたくて、私はさらに足を速めた。

その日の午後、私は明雄に誘われるまま電車に乗り、となり町へ出かけた。

「私とつるんでると秋本君の立場も悪くなるよ」と警告しても、「俺は大丈夫ですよ。俺の代わりになるやつはいないんだから」とへらへらしている。なんてやつだろう。

となり町の公園で開かれる野外コンサートに、明雄の尊敬するミュージシャンが出演するという。コンサートなど聴きに行く心境ではなかったが、明雄のそばにいたかった。ひとりになると際限なく落ち込んで、二度と立ち直れなくなるのではと怖かった。

駅から公園まで走った。ドラマならふたり手を繋いで走る場面だが、明雄は私を引き離してどんどん先へ走っていく。どこかのＮＰＯが企画した被災地支援のイベントだった。公園は広く、エコ系の団体が出店してブースをかまえている。その一角に特設ステージがしつらえてあった。明雄に遅れて到着した私は、ぜいぜい息を吐きながら「ぜんっぜんやさしくないのね」と文句を言った。

ステージに立っていたのは汚いＴシャツを着て、白髪にバンダナを巻いたおじさんだった。いや、推定年齢からいえばおじいさんか。さっきまで路上で寝ていたとしてもおかしくない風体。いかにも偏屈そうな口髭を生やし目つきも暗い。名前は木村憂介。明雄の解説によれば、四十年前に一世を風靡《ふうび》したロックバンドのボーカルだという。バンドが解散してからも音楽を続け、一部のファンにとっては伝説的な存在だという。

ギターを掻き鳴らし、渋いブルースを歌っていた。傷ついた野生動物が藪に潜んで唸っているような声。ギター一本の地味なステージだったが、ずんずん胸に響いた。

「次ですよ。先輩、びっくらこきますからね」

プログラムを見ると『自爆しろ』という曲名だ。吠えるような歌声だった。ステージの後ろに生い茂る樹木までいっしょに吠えていた。圧巻だった。歌詞はほとんど聞き取れない。聞き取れるのは「自爆しろ！」という叫ぶようなフレーズだけ。そのタイミングで観客が拳をあげるから、ファンには有名な曲なのだろう。

曲が終わると同時に爆発音が鳴り響いた。彼のベルトに仕込んでいたバクチクが火花を散らして爆発していき、ベルトを一周するとジーパンの両サイドをウエストから裾にかけての数十連発。爆発が終わるとステージは静まり、湧き上がる白煙に包まれてじいさんは巨人のように見えた。大歓声。じいさんは多少の火傷なんかものともしない顔つきだ。

気がつくと私まで手を振り上げていた。いや、明雄が私の手を握って高々と持ち上げていたのだ。あまりきつく握るので痛いくらいだった。

明雄はきっと、このパフォーマンスを私に見せたかったのだ。

7

風にあおられて夏木立が揺れる。

校庭を縁取る葉桜が枝葉を打ち鳴らしていっせいに立ち騒ぐ。

樹木のざわめきは波音に似ている。海は遥か遠いのに、波が打ち寄せてくるように耳が錯覚する。一瞬、魂が抜ける。空っぽになった頭に波音がざわめく。海が見たいな、と思う。海を見ない夏なんて初めてだ。

夏休みの校庭に人影はなく、陽に焼けた地面がパンケーキみたいだ。風まで焼けた大地の匂いがする。

駐輪場の屋根の下、私は鉄骨に寄りかかりながら、しばらく空っぽになっていた。

明雄と待ち合わせをしているのだが、彼はなかなか現れない。

昨日、明雄から、「うちへきませんか」とメールが届いた。映画の主題歌が完成したので、映画制作のスタッフに聴かせる前に私の感想を聞きたいという。

私は夏休みの特別授業で週に三日は登校していた。

映画のことは忘れ大学受験に専念しようと、遅れて参加した特別授業だったが、国立大志望者が対象だからレベルが高くてついていけない。先生の声がひとつも頭に入らない。気がつくとぼんやりしている。ぼんやりしている自分を、もうひとりの自分が天井を漂いながら見下ろしていたりする。いわゆる幽体離脱だ。そのことを話すと、

「俺はよく金縛りにあいます」と明雄は言った。

彼は約束の時間に七分遅れて到着した。

「授業中に？」私が尋ねると明雄は腹を抱えて笑った。失礼なやつだ。

「仮設ですよ。あそこってやばい場所かも。落武者が夢に出てくるんですよ」

「落武者？」今度は私が笑った。

「先輩は他人事だから笑えますけどね、しょっちゅうなんですよ。ガサガサした鎧を着て背中に矢が刺さったやつが壁から抜け出てギョロ目で俺を睨むんですから。目ざめるといつも金縛り。あそこって古戦場だったのかも。ほら、戊辰戦争で薩長軍がこっちに攻めてきたっていうじゃないですか」

「それはね、誰かにそう吹き込まれたのが頭に残って夢に出るんだよ、きっと」

私は軽くあしらって自転車のペダルを踏む。明雄の自転車がすぐに追い越す。

明雄の家は仮設住宅だ。母親が小学生の弟を連れて静岡県の実家に帰ってしまい、県内避難にこだわる父親に明雄はついていった。いくつか避難所を転々として、落ち着いたのがこの仮設住宅だった。

プレハブの四畳半と六畳の二間に明雄は父親と住んでいる。台所はいつもビールの匂いがする。

六畳の部屋が明雄の部屋で、となりの四畳半が茶の間だが、彼は決して茶の間を見せない。見せたくないものを私も見たいとは思わない。父親は無職のはずだが、どこで何をしているのか顔を合わせたことがない。

古戦場だったかどうかは知らないが、その土地が工場跡地だということはたしかで、山陰にあって陽当たりが悪く、夏はじめじめとして冬は底冷えしそうで、放射能から逃れたとしたって、どっちみちこんな土地に住んでいれば寿命を縮める。

畳にすわり壁にもたれていると、不意に背中を寒気が走り、落武者が抜け出てくる壁はどれだろうと、信じてもいない亡霊を気にかけたりする。

冷蔵庫を開け閉めする音が聞こえ、両手にゼリーを持った明雄が台所から出てくる。

「みかんのゼリー、食べますか？　静岡にいるおかんが送ってくれたんですよ」

明雄はなぜか、母のことを関西弁でおかんと呼ぶ。

「おかんのみかん？」私はゼリーを受け取る。

「おかんのみかん食べなあかん」

しばらくは黙ってゼリーを食べていたが、明雄はふと顔を外に向け、「風鈴ってうるさいっすね」と呟いた。私も外を見る。風鈴はどこから聞こえてくるのだろう。ここから見えるのはお向かいの玄関と、真新しいアスファルトの通路だけだ。

「仮設で聞く風鈴って雑音だと思いませんか？」同意を求められても答えようがない。

プレハブの家がいくら並んでいても仮設住宅には生活感がない。生活感のない場所では風鈴も無機質な響きを立てる。

「そういえば映画はどう、再開した？」私は話題を変えた。私が抜けて撮影が中断したと聞いて、気がかりだったのだ。

「脚本の書き直しがやっと終わって、明日から再開です。今日はそのミーティング。夏休み中に撮り終えなくちゃいけないから俺たちより関野さんたちが焦って。でもなんとかなりますよ」

「よかった。ワークショップが失敗に終わったら私の責任になるとこだった」

「たとえそうなったとしたって先輩のせいじゃないですよ。あの人たちが悪いんです」

「あの人って？」

「東京の専門学生がね、ちょっと」

「どうしたの。なんか問題でも起きた？」

「いや、問題ってほどじゃないんです、みそ汁ですから。あの人たち、夜はだいたいコンビニ弁当なんですけど、それじゃ味気ないからって、小熊のおばさんが毎晩みそ汁を作ってくれるんです。そのみそ汁を、ありがたくもらっておいてこっそり捨ててる。ナスとかサヤエンドウとかの具が小熊さんの畑でとれた野菜だから、気持ち悪いんだって。汚染が心配なんですよ。その話を聞いて、すげえがっかりして。なんだ、お前らその程度かよって」

「でもまあ、食べる食べないは本人の自由だし。ネットに出回る情報を読んでれば食べる気なくす。無理に食えって言えない」

「でも先輩は食べるでしょ?」

「気にしてたらきりがない。それに小熊のおばさんに悪いし」

「でしょ?　福島を支援しにきておいて野菜も食えないなんて。結局、自分がよければいいって話じゃないですか。そういう人を信用できるかっていうと、無理だな俺は」

「小熊のおばさんが知ったら悲しむだろうねえ」

「関野さんの映画講座ってのも毎晩あるんだけど、教材に使っているのが小熊さんのホラー映画ですよ。DVDを観ながら解説するんだけど、ほとんど重箱の隅をつつくようなあら探しで。聞いてて胸が悪くなった」

「ああ。関野さんってそういうことしそうだ」

「新しい脚本、ほとんど関野さんが書いてるんです。時間が足りないから、シーンを撮り直すよりは削るしかなくて、じゃあいっそヒロインは自殺したことにしちゃえって」

「自殺?　私が?」

「いや、別に先輩が自殺する話じゃないから」

「そりゃそうだ。誰が自殺なんてするもんか」

「最初から話を作り替えたんです。原発の町から避難してきた転校生が自殺して、遺書をもらった仲良し三人組が遺言を実行しようと自転車で山越えするんです。その遺言っていうのが、私の灰を海に撒いてほしいっていう頼みで」

「意味がわかんない。自殺ってのがすでに究極のわがままなのに、死んでからも遺言でわがままを押しつけるんだ」

「俺だったら海で焼身自殺しますね。遺灰を海に撒くより手間が省ける」

「で、誰が自殺する役なの？」

「遠藤監督ですよ。遠藤ナッちゃんが自分で自分に白羽の矢を立てたんです。プスッと」

明雄は自分の額にプラスチックのスプーンを突き立てた。

「架空のお話ならいくらでも死ねるよね。お気楽に」

「じゃあ、お気楽に死ぬ人へ捧げる鎮魂歌です」

明雄はタオルで手を拭き、ギターを抱いて弦をつまびいた。ラストシーンに乗せて流れる主題歌だ。やさしくて、哀しくて、けれどたくましさもある歌。子どものころ、防波堤を駆け上がると真っ青な海が目に飛び込んできて、潮風を胸いっぱい吸い込むと自分が強くなった気がして砂浜に飛び下りた、そんな、ありふれて何気ない思い出がいまは僕の生きる力になっていると、明雄は歌った。

目の前にいる明雄の存在が奥行きを増して、彼の向こう側に広がる水平線や波飛沫や、入道雲なんかが目に見えてくる。波の音や潮風の匂いも甦ってくる。そんな明雄の歌がありがたくて、尊くて、自然と涙があふれてしまう。

その日、明雄は私を押し倒してキスをして、しかしそれ以上のことはしなかった。

「実は初めてなんですよ」と彼は要らぬ告白をし、「そうなんだ」と私は醒めた返事をしたけど、実は私も初めてだった。

「私は落武者に勝てるかな？」身体を起こしながら私は言った。

「え？」

「私のキスは、明雄の夢に出てくる落武者に勝てるかな？」

「勝てますよ、きっと。最強ですよ」

明雄は男のくせに泣いて、私を抱き寄せてまたキスをした。

二度目のキスは鼻水の味がした。


映画制作から抜けたことをしばらく伯母に打ち明けられずにいた。

ある夜、伯母といっしょにテレビドラマを見ていて、「そういえば映画はどうなの、順調？」と何気なく訊かれて、嘘をつけず正直に答えてしまった。

「あら。そうなの、残念ね」と、伯母の反応は案外あっさりしていた。私が辞めた経緯を話すと、

「ああ、それなら辞めて正解ね」とあっけらかんと笑った。

「ごめんなさい」

「謝らなくていいわよ。でも、カナちゃんのお母さんが悲しむかな。実は電話で話しておいたの。

学校で作る映画のヒロインに選ばれたんだって。ごめんなさい、勝手に教えて。でも秘密ってわけじゃなかったんでしょ。お母さん、すごく喜んでたわよ。ぜったいに観たい。上映会があったらどこへでも行くって」

「そうだったんだ。お母さんに悪いことしたな。ほんと言うとね、ロケのついでにお母さんに会いに行こうと思ってたんだ」

「震災は始まったばかりよ。焦ることはない。またチャンスはくるさ」

ポンと、頭に軽い衝撃が走った。小熊が軽く頭を叩いてくれた、あの感触が久々に甦った。そうなんだ、震災はまだ始まったばかりなんだ。

夏休みが終わる四日前、ロケは終了したと明雄からメールが届いた。ほとんどぶっつけ本番の急ぎ足の撮影だったそうだ。明雄はロケについていき、津波で全滅した集落の惨状に相当なショックを受けたらしい。津波被災地を自分の目で見るのは初めてだったのだ。私のケータイには明雄が撮った画像が次々と送られてきて、「泣ける」「まじかよ?」「うわっ!」とか、短い言葉が添えられていた。

演劇部員たちといっしょに撮った写真もある。軽く嫉妬した。どうして明雄はやすやすと周囲に溶けこめるのだろう。単純に明雄が羨ましかった。どうして私は孤立してしまうのだろう。

最後に送られてきたのは海の画像だった。画面の中央に水平線が走り、群青の海とスカイブルーをまっぷたつに分けている。何の工夫もない構図だけど、ふたつの青が心に染みた。幼いころからの思い出がみんなこの青に溶け込んでいる気がした。そして、海のきれいさについ忘れてしまうけれど、海に沈んだ人たちの魂もここに溶け込んでいるのだ。

私も行きたかった。

ケータイを閉じ、伯母の家の二階から阿武隈の山なみを眺める。裏側の阿武隈を。

夏が終わる。一度も海を見ないで終わる夏なんて生まれて初めてだ。どうして、こうも海が遠いのだろう。

8

二学期が始まる。

映画は編集作業に入り、明雄は主題歌を吹き込んだ。映画制作の過程はブログやＳＮＳで逐次報告され、まずまずの反響を呼んでいるらしい。もちろん、ヒロインが交替したことには触れていない。どうして私がヒロインを降りたのか、いきさつは噂になって広まっていたが、たいていの人にとって、それはよくある部活内のトラブル程度のものだ。伊藤と遠藤が喧嘩したらしいよ、ふうん、という具合に。せっかく仲良しになった演劇部員の三人も、いまでは口もきいてくれない。四人の専門学校生は東京に戻った。遠藤には特にしょげている様子もない。いまになってみれば関野との噂は何だったのだと首を傾げてしまう。まあ、何かあったとしても遠藤はいつまでも落ち込んでいる女ではない。

九月の終わりになり、映画が完成し試写会のポスターが貼り出された。私には関係ないと思っていたが、自殺をほのめかすポスターに憤慨し「自爆テロするよ」というメールを明雄に送ったのはそのころだ。

私は木村憂介が歌った「自爆しろ！」の歌詞をネットで調べノートに書き写していた。

自爆しろ　死んでも死に切れねえやつら　百年の都市に千年の呪いを焼きつける
自爆しろ　狂うほど強くなる　あいまいな時代に　傷を残す　弱い俺の逆襲
魂のゆくえなどありゃしねえ　俺はここにいる
人混みが焚きつける　証明してみせろと
声が聞こえる　自爆しろ　自爆しろ　自爆して自由になれ

このご時世によくぞこんな物騒な歌を公然と歌っていたものだと感心する。

身体中にバクチクを巻きつけて試写会に乱入する自分を想像してみる。報道陣はこの騒ぎを記事にするだろうか。それが、私がここにいるという証明になって、散り散りばらばらになった家族やむかしの友だちに届くだろうか。無理。未成年の私は少女Aだ。

「自爆テロつき合いますか？」と返してきた明雄の天真爛漫な心が私を救ってくれた。

あまりにもうれしくて、うれしさに溺れそうで苦しくなり、思わず「ばーか」と返してしまった。

自爆して自由になれ。ときおり呟いてみる。

どうすれば私は自由になれるだろう。それ以前に、私は何から自由になればいいのだ。


小熊康生と再会したのは試写会の三日前だった。

四時間目、体育の授業中。校庭でサッカーをしていて、校舎の屋上に突っ立っている人影を見つけた。かなり遠目だったが、小熊だと直感した。

授業が終わり昼休みになると私は着替えはそっちのけで階段を駆け上がった。屋上は立入禁止だ。鍵が開いているのか半信半疑だったが、屋上に通じるドアのノブは抵抗もなく回った。

屋上に立つのは初めてだ。考えてみれば屋上は身近なようでいて未知の世界だった。空が近い。まっ平らなコンクリートが初秋の光を静かに照り返している。小熊は屋上の一角で、棒杭のように影を落としていた。私は前屈みになり、大きく息を吐いた。心臓が高鳴るのが階段を駆け上がったせいか小熊に会えたせいなのかわからない。

小熊は振り返り、空とぼけたような顔で片手を上げた。

「どうして屋上にいるんですか?」歩きながら私は声を張り上げた。なんだかここは空気が薄くて、声が響かない感じだ。「何してるんですか?」

校庭では感じなかった風を肌に感じる。頭に巻いたはちまきをほどくと前髪がぱらりとほつれる。

「鍵があるんだ」小熊は尻ポケットからキーを取り出した。「高校時代、写真部のみんなと共謀してこっそり合い鍵を作った。屋上は先生も油断してるからな、校庭から見えない位置にいればやりたい放題だ。鍵を部室に隠したまま卒業したんだが、探してみたらまだあったんだ、これが。それでまあ、用はないけど上ってみたわけだ」

「ずいぶん大胆ですね」

「昔の写真部は変人の集まりだったからな。俺もあのころは痩せてたんだ」

教室の窓から見るより阿武隈の山なみは大きい。夏を過ぎて山の色が褪せている。山なみを越えて吹く風にも秋の匂いがする。屋上にフェンスはない。膝の高さのへりがあるだけで、そのすぐ外側は空だ。私は腰を屈めてこわごわ首を突き出す。見下ろせば地面に吸い寄せられる心地がする。自殺なんて簡単だ。たったの一歩でさよならだ。

「ヒロインを辞めたんだってな」小熊が言った。

私は首を引っ込めた。「すいません。勝手なことをして」

「謝らなくていい。理由はだいたい想像つく」

「いくら映画だからって、思ってもいないことは言いたくない」

「それでいいんじゃないの？　俺も脚本を読んでびっくりした。関野が入れ知恵したんだろ。インパクトで攻めて攻めて最後に泣かす。関野らしいストーリーだ。あいつは頭は切れるんだが切れすぎるのが欠点でな。映画よりゲーム向きじゃないかと俺は睨んでる。しかし正直なところ、なかなか面白い映画に仕上がったな。最終チェックをしに俺はきたんだ。高校生の作品らしく甘さを残してるところも関野らしい」

「震災って大きな出来事だけど、私たちひとりひとりは小さな出来事で泣いたり笑ったりしてるんです。人間ってそういうものじゃないですか。つまらないことで傷ついたり、ちょっとした偶然に励まされたり、ちっぽけなことが本人には大きかったりするじゃないですか。誰でも同じはずなのに、どうして映画やドラマだと話を大きくしちゃうんだろ」

「個人的には、ウサギが一匹だけ動かない手押し車を押して歩く女の子の映画が観たかった。それのどこが面白いのかって訊かれると答えに窮する。誰もそんな映画は観たくないかもしれない。でもな、これは映画監督としての勘なんだ。パタパタとウサギが跳ねる。一定のリズムが中断されてそこに一瞬の空白がはさまる。その空白をとことん広げていけば、震災や原発事故を呑み込んでいく映画が生まれるんじゃないかってな。つまり、大きな事件のなかに小さな日常がふくまれてるんじゃない。その逆。小さな日常のなかに大きな事件がふくまれている。大事なことはそういう目を養うことだ」

「もし、本当に作るんだったら、私にも手伝わせてもらえませんか?」

私は本気だったが、小熊は目をそらした。

「いや、これはただの夢物語だ。君はまず高校を卒業しろ。高校を卒業したらわかる。やりたいこと、やるべきことは山のように目の前に現れる。そしてな、本当に実現できることは、そのなかのほんのひとつやふたつなんだ」

私には返す言葉がなかった。目を伏せて下唇を噛むことくらいしかできなかった。

「小熊さんは、試写会に行くんですか？」

「もちろん。プロデューサーは俺だ。舞台挨拶もする。君は？」

「行かない。悔しいからっていうより、避難者が自殺する映画は観たくない。でもロケには行きたかった。ずいぶん海を見てない。それに、母にも会いたかった。実は、ロケ先の町に母が住んでいるんです。母とは、私がこっちに避難するときにひどい喧嘩をして、そのわだかまりがいまも解消できてなくて、怖くて電話もできない。ロケのついでだったら、母に会う勇気が湧いたかもしれないのに」

「いま、お母さんは？」

「仮設にいます、ひとりで。海のそばから離れられないんです」

「ロケでなくたって、会いたければ会いに行けばいい。その気になれば手段はいくらでもある。俺が連れて行ってあげてもいいが、どうせなら自力で行け。怖いと思う自分から自由になれ」

ポンと、頭を叩かれた気がした。

小熊は屋上の縁から離れて中央に移動すると煙草をくわえた。なかなか火がつかないのか、しばらく私に背を向けてうつむいていたが、やがて空に向けて煙を吐き出していた。

どうしてこの人を好きだなんて思ったんだろう。いまとなっては謎だ。

三十代の、小太りで縮れ毛の、やさしい顔をした、B級ホラー映画監督。

風に飛ばされてパナマ帽が宙を舞う。屋上を転がる帽子を小熊は追いかけ、くわえ煙草で拾い上げると私を振り返り、恥ずかしそうに微笑んだ。純情な不良高校生みたいに。

「自爆してもいいですか?」私は声を張り上げた。

聞こえたのか聞こえなかったのか、関野は軽く手を上げた。

私はひとつ頭を下げてから、くるりと背を向けた。


試写会当日。

公会堂の前で私は明雄を待っていた。門の横には「私を故郷に帰して　試写会」の立て看。コンクリートの塀にポスターがずらりと並んでいる。

私は新品の折りたたみ自転車に乗ってやってきた。オレンジ色のウィンドブレーカー、同じ色のヘルメット。黄色いショートパンツにモスグリーンのタイツ。マスクをしてゴーグルをつければ、誰も私と気づかない。貯金していた義援金で買った。完全武装だ。これで好きな場所へ行ける。自転車を折りたたむのに三十秒とかからない。コンパクトにたたんで電車にもバスにも乗れる。

リアル版〈海が見たい〉。捨てられたタイトルを私が自分の身体で蘇らせる。振り返れば、遠藤が突き出したスケッチブックに私が「海が見たい」と書いたときからすべては始まったのだ。その意味では遠藤に感謝。いろんな出会いに感謝。

公会堂の塀に自転車を立てかけ、私はウィンドブレーカーのポケットに両手を入れて塀にもたれ、目の前を通り過ぎていく人波を眺めている。四人の専門学校生が目の前を通り過ぎたが、やっぱり私と気づかない。

開演二十分前、明雄はギターケースを担いで自転車でやってきた。ゴーグルを外し「秋本君」と声をかけると、彼はびっくりしてブレーキをかけた。

「うわっ、先輩じゃないですか。どうしたんですか、ずいぶんと奇抜なファッションで」

「どう？　頭のてっぺんから爪先まで新品。ついでに背中のナップザックも」

私は明雄の前で両手を広げる。

「俺のも見てくださいよ。どうですか、俺のステージ衣装」

明雄はTシャツの裾を引っ張る。

「ステージ衣装って、ただのTシャツでしょ」

「ただのTシャツですけど背中に木村憂介をしょってるんです」

木村憂介。「自爆しろ」のじいさんだ。そう、あのとき明雄はTシャツにサインをしてもらったのだ。

「そうそう。先輩、これ、手に入りましたよ」と、私に向かって何かを放った。

あきれた。受け取ってみればバクチクだ。しかも、たったの五連発。

「売れ残りの花火セットに入ってるの見つけて買ったんですよ」

「だからさ、あれは冗談だってば。もし仮に本気だとしたって、自分のステージをぶち壊す計画を自分で実行するつもり？」

「それでマスコミが騒げば事件じゃないですか。映画の宣伝になるし、便乗効果で俺の歌手デビューにも道が開ける」

「やらせ事件で叩かれるのがオチよ。私は共犯者ってとこ？」

「いや、主犯格ですよ」と笑う。「あれ、自転車まで変えたんですか？　車輪小さいですねえ」

「車輪が小さくても案外速いんだよ。折りたたみ式。これさえあれば自由自在」

「どっか行くんですか？　ヘルメットかぶって映画鑑賞じゃないですよね」

「海でバクチク鳴らしてくる」

私は五連発のバクチクを胸ポケットにしまい、自転車にまたがった。

「俺のステージは？」

走り出してから、私は振り向かずに大声で答えた。「また今度ね。がんばってよ」

伯母さんごめん。二、三日家を出る。書き置きを残したから捜索願いは出さないで。

義援金で買った自転車は日本中の善意のたまものだ。気合いを入れて走ろう。走れるところまで走ろう。危険地帯はバスで通過するとしても、可能な限り自力で走ろう。母の住む仮設住宅は野球場のなかにある。そこから海までは約三キロ。

町のあちこちに貼られた映画のポスターがちらちらと視界の端をよぎる。

私のいない椅子。私のいない椅子。私のいない椅子。

そう、その椅子に私はいない。私はお出かけ中だ。「故郷に帰して」なんて他人頼みにはしない。自分の力を信じたい。灰になって海に撒かれたくない。生身の身体で海を抱きしめたい。

街並みを抜け、橋を渡る。水田地帯を走り、最初の難関に差しかかる。腰を浮かせて懸命にペダルを漕ぎ、坂道を上り切ったところで振り返ると、盆地の町が湖のように輝いて見えた。もう、明雄は歌っているだろうか。

地面を蹴ってまた走り出す。加速度をつけて坂道を下っていくと、目の前に風景がどんどん飛び込んできて私の身体のなかをすり抜けていく。

海のざわめきが聞こえてくる。海はまだまだ先なのに。

本書は書き下ろしです。

志賀泉　しが・いずみ

一九六〇年福島県南相馬市小高区生まれ。現在は休校中の県立双葉高等学校を経て、二松学舎大学を卒業。現在は知的障害者施設に勤務。二〇〇四年に「指の音楽」で第二十回太宰治賞を受賞。他の著書に『TSUNAMI』(筑摩書房、二〇〇七年)など。二〇一一年三月一一日の東日本大震災後、故郷が避難地区に指定され、映画製作やルポルタージュの執筆など被災地の現地報告活動を行う。

無《む》情《じょう》の神《かみ》が舞《ま》い降《お》りる

二〇一七年二月二五日　初版第一刷発行

著者　志賀泉
発行者　山野浩一
発行所　株式会社筑摩書房
東京都台東区蔵前二-五-三／郵便番号一一一-八七五五
振替　〇〇一六〇-八-四一二三
印刷　株式会社精興社
製本　株式会社積信堂

ISBN978-4-480-80467-9　C0093

乱丁・落丁本の場合は、御面倒ですが左記に御送付下さい。
送料小社負担にてお取替え致します。
ご注文・お問い合わせも左記へお願いします。
〒三三一-八五〇七　さいたま市北区櫛引町二-六〇四
筑摩書房サービスセンター　TEL　〇四八-六五一-〇〇五三

◉筑摩書房の本◉

SOY!大いなる豆の物語

瀬川深

バイトとゲーム作りで日々を過ごす原陽一郎27歳。ある日届いた封書には穀物メジャーの刻印が。自らのルーツを東北に探ると大豆をキイに巨大な物語が顕現する。

星か獣になる季節

最果タヒ

ぼくのアイドルは殺人犯⁉ 推しの地下アイドル・愛野真実が逮捕されたというネットの噂から平凡な高校生・山城の日常はデスペレートに加速しはじめる――。

ささみみささめ

長野まゆみ

よく耳にするありきたりなひと言。しかしその言葉の裏にはじつに奇妙な物語が潜んでいるものだ。白昼夢のような短篇25篇が色とりどりにきらめき連なる小説集。

飛行士と東京の雨の森

西崎憲

ごくありふれた人々も、日々のなかで見えない光を放ちつづけるひそやかな謎を、心の奥底に秘めている。東京を舞台にした死と孤独と再生をめぐる七つの短篇小説。

◉筑摩書房の本◉

〈ちくま文庫〉

とりつくしま

東直子

死んだ人に「とりつくしま係」が言う。モノになってこの世に戻れますよ。妻は夫のカップに弟子は先生の扇子になった。連作短篇集。　解説　大竹昭子

〈ちくま文庫〉

こちらあみ子

今村夏子

あみ子の純粋な行動が周囲の人々を否応なく変えていく。第26回太宰治賞、第24回三島由紀夫賞受賞作。書き下ろし「チズさん」収録。　解説　町田康／穂村弘

〈ちくま文庫〉

さようなら、オレンジ

岩城けい

オーストラリアに流れ着いた難民サリマ。言葉も不自由な彼女が、新しい生活を切り拓いてゆく。第29回太宰治賞受賞・第150回芥川賞候補作。　解説　小野正嗣

〈ちくま文庫〉

まともな家の子供はいない

津村記久子

セキコには居場所がなかった。うちには父親がいる。うざい母親、テキトーな妹。まともな家なんてどこにもない！　中3女子、怒りの物語。　解説　岩宮恵子